grafit

Chemnitzer Str. 31, D-441[redacted]rtmund
Internet: http://www.grafit.de
E-Mail: Grafit-Verlag@t-online.de

Umschlagillustration: Peter Bucker
Druck und Bindearbeiten: Elsnerdruck GmbH, Berlin
ISBN 3-89425-256-3
1. 2. 3. 4. 5. / 2003 2002 2001

Gabriella Wollenhaupt

Flieg, Grappa, flieg!

Kriminalroman

grafit

Die Autorin

Gabriella Wollenhaupt, Jahrgang 1952, arbeitet als Fernsehredakteurin in Dortmund. Sie mag wilde Tiere, gutes Essen und schöne Männer.

Als Kriminalschriftstellerin debütierte sie im Frühjahr 1993 mit *Grappas Versuchung.* Es folgten *Grappas Treibjagd, Grappa macht Theater, Grappa dreht durch, Grappa fängt Feuer, Grappa und der Wolf, Killt Grappa!, Grappa und die Fantastischen Fünf, Grappa-Baby, Zu bunt für Grappa* und *Grappa und das große Rennen.*

Die Personen

(in alphabetischer Reihenfolge)

Simon Bator	lässt sich nicht fallen
Arco Blum	lässt sich nicht in die Karten gucken
Big Mäc	lässt sich zu viel gefallen
Anton Brinkhoff	lässt keinen Fehler zu
Buffalo	lässt alles hinter sich
Frank Foster	lässt seine Chance nicht verstreichen
Maria Grappa	lässt wieder nicht locker
Peter Jansen	lässt sich nicht unterkriegen
Anna Jesberg	lässt sich ihr Hobby nicht nehmen
Dirk Jesberg	lässt niemanden an sich heran
Kosmo	lässt sich gern verwöhnen
Hermann Krause	lässt wichtige Dinge bleiben
Thimo Krause	lässt Schranken verschwinden

Sie hatte langes, welliges Haar, und mein Arm war damals noch sehr beweglich, verstehst du. Nichts ist mir jemals wieder so durch die Hände geflossen wie dieses Haar. Ich habe solche Haare nach ihr erst wieder im Lager gesehen, in einer Halle, in der abgeschnittene Zöpfe, Locken und Büschel lagen, zu einem Haufen zusammengeworfen, in Leinensäcke gestopft, Rohmaterial für Matten, Perücken, Matratzen, was weiß ich …

Christoph Ransmayr, *Morbus Kitahara*

Was du willst

»Es geschieht nichts, was du nicht willst, Baby!«

Das Licht in meinem Wohnzimmer hatte ich auf schummrig gedimmt, es aber noch so hell gelassen, dass ich jedes Detail seines gebräunten Körpers registrieren konnte.

»Komm näher, Süßer«, forderte ich, »damit ich dich anfassen kann.«

Kosmo gehorchte. Sein Body strahlte Wärme aus.

»Und jetzt zieh das T-Shirt aus«, gurrte ich. »Aber ganz piano. Oder soll ich das machen?«

Er lächelte, schüttelte den Kopf, griff mit beiden Händen das Ende seines knapp sitzenden Hemdchens und zog es langsam über seinen Kopf.

Ich atmete schneller.

»Ist was, Grappa?«, fragte er und reckte sich betont wohlig.

»Nicht direkt.«

»Was guckst du dann so?«

»Ich studiere deinen göttlichen Bewegungsablauf«, gab ich zu.

Er sah wirklich zum Anknabbern aus. Nicht ein kratziges Brusthärchen verschandelte die goldgebräunten Muskelpakete, die im gedämpften Licht der Lampe von innen heraus zu leuchten schienen.

Ich spürte ein leichtes Pochen unter dem Bauchnabel.

»Ich öffne jetzt deinen Gürtel«, kündigte ich an. »Und dann zieh ich dir die Hose hinunter. Ganz langsam. Ist das okay?«

Kosmo sagte nichts, was ich als Ablehnung interpretieren konnte.

Ich drängte mich nah an ihn, schob ihn dabei ein wenig näher zum Fenster. Meine Finger öffneten den Gürtel, zogen den Reißverschluss nach unten. Dann streifte ich die Jeans von seinen Hüften. Er trug keinen Slip.

»Möchtest du, dass ich dich so richtig verwöhne?«, fragte ich. Meine Hände lagen auf seinen Pobacken.

»Wenn du magst!« Seine Stimme war heiser.

»Kein Problem.«

Ich ließ mich auf den Boden gleiten und tat, was getan werden musste: Ich griff nach meinem Handy, drückte die einprogrammierte Nummer, ließ es fünfmal klingeln und legte wieder auf.

Kosmo schaute zu mir herab, dann ging auch er langsam in die Knie. Wir lächelten uns verstohlen an. Alles lief so, wie wir es einstudiert hatten. Ich legte den Finger auf die Lippen und wies auf die Stelle unter dem Ledersofa, an der sich die Wanze befand. Dann begannen wir zu stöhnen, was das Zeug hielt.

Endlich klingelte das Handy. Ich nahm den Anruf an. Alles war klar.

»Entspann dich, Baby«, sagte ich. »Es ist vorbei.«

Der Fang

»Es war nicht schwer, ihn zu packen«, berichtete Peter Jansen. Er war der Leiter des *Bierstädter Tageblattes,* mein Chef und mein Freund.

Wir arbeiteten seit vielen Jahren zusammen. Der Zeitung hatte diese Liaison nicht geschadet, manche spannende und wichtige Story war dabei herausgekommen, aber auch eine erkleckliche Anzahl von Gegendarstellungen und Verleumdungsklagen hatte ich dem Blatt eingebrockt.

Peter Jansens Rolle lag in der Begrenzung des Schadens und darin, mir den Rücken für die Recherche freizuhalten und mich aus unangenehmen Situationen zu befreien.

Jansen war trockener Alkoholiker, ein auf den ersten Blick gutmütig wirkender Mann, der allerdings ziemlich unangenehm und hart werden konnte, wenn es die Situation erforderte. Was mir besonders an ihm gefiel, war, dass er vor den Mächtigen und Reichen dieser Stadt nicht den Schwanz einzog und Ungerechtigkeit genauso hasste wie ich.

»Ich wusste gar nicht, dass du so gut schauspielern kannst,

Grappa. Der Typ war so in eure Peepshow vertieft, dass er nicht gemerkt hat, dass wir direkt hinter ihm waren«, setzte Jansen seinen Bericht fort. »Es war einfacher, als ich dachte. Er hat erst wieder reagiert, als wir ihn im Schwitzkasten hatten.«

»Und?« Ich musterte den Mann. »Hat er schon was zum Besten gegeben?«

»Leider ist er noch ein bisschen sparsam mit seinen Auskünften. Seine Fotos jedenfalls habe ich sichergestellt!« Jansen hielt einen Filmstreifen hoch. »Eigentlich schade. Ich hätte die Fotos gern in der Redaktion ans schwarze Brett gehängt. Hätte das Betriebsklima sicherlich verbessert. Unsere herbe Grappa als Femme fatale. Und das ganze noch auf den Knien.«

»Sehr witzig!«, muffelte ich. »Ich könnte mich ausschütten vor Lachen.«

Jansen grinste. »Dann mal los.« Mein Chef blickte zu dem Mann, der mich seit Wochen verfolgte. »Er gehört dir, Grappa!«

Ich beäugte den kleinen Mann, der auf dem Sofa saß. Ein unauffälliger Typ mit grauer Haut und schütterem Haar. Er sah aus wie der Buchhalter einer Rentenversicherungsanstalt. Seine Augen checkten mich ab und in seinem Blick waren weder Angst, Bedauern noch Scham. Der Typ war ein Profi und nicht zimperlich.

»Wollen Sie sich nicht vorstellen?«, fragte ich.

»Darf ich rauchen?«

»Nur wenn ich die Kippe danach auf Ihrer Stirn ausdrücken darf.«

»Von mir aus. Wenn Sie so was brauchen.« Seelenruhig zog er eine Fluppe aus der Jackentasche. Er stutzte plötzlich. »Haben Sie Feuer?«

»Nur aus dem Flammenwerfer.«

Er steckte den Räucherstab wieder ein. Seufzte tief wie einer, der mit einem ungezogenen Kind sprach, das partout nicht verstehen wollte.

»Also – ich warte.«

»Auf was?«, meinte der Kleine erstaunt.

»Zum Beispiel auf Ihren Namen.«

»Haben Sie ihm ...«, der Typ schaute zu Kosmo, »... eben wirklich einen geblasen?« Er grinste dreckig.

Ich überhörte die Frage. Schließlich war ich so was wie eine Dame.

»Filz ihn doch mal«, sagte ich zu Frank Foster gewandt. »Mal gucken, was er außer Zigaretten, einer großen Fresse und einer miesen Kinderstube noch auf der Pfanne hat.«

Frank war Volontär beim *Bierstädter Tageblatt*, ein wenig spät berufen zwar, aber er machte seine Sache nicht schlecht. In einem früheren Leben war er mal Sozialarbeiter in einer Jugendbildungsstätte gewesen – so hatte er mir erzählt. Was ihn allerdings zur Aufgabe seines ersten Berufes bewegt hatte, darüber schwieg er sich aus.

Frank lief immer ein bisschen schlampig herum. Sein Alter war schwer zu schätzen. Er hatte einen ziemlich breiten Scheitel mit schütterem Resthaar, das er gewöhnlich zu lang trug, seine Klamotten hatten noch nie ein Bügeleisen in den Falten gespürt und seine Schuhe noch nie die Bekanntschaft mit Pflegecreme gemacht. Er wirkte wie ein Fossil aus der Zeit, als die Rote-Armee-Fraktion Bankchefs entführte, Konsumterror und internationaler Kapitalismus angeprangert und die freie Liebe in Kommunen propagiert wurde.

Frank griff beherzt ins Jackett des Kleinen und zog eine Brieftasche hervor. Der Mann zuckte nicht mit der Wimper. Der Volontär klappte das Etui auf.

»Arco Blum«, las er vor. »Ermittlungen aller Art. Bierstadt-City.«

»Ein verdammter Schnüffler also«, stellte ich fest. »Für wen arbeiten Sie?«

»Kein Kommentar«, antwortete Detektiv Blum, »so was fällt unter das Berufsgeheimnis. Das müssten Sie doch verstehen, Frau Grappa.«

»Wie haben Sie in meiner Wohnung die Wanzen anbringen können?«

Keine Antwort.

»Hören Sie mal zu, Sie Zwerg!« Ich war sauer. »Ich werde Sie anzeigen wegen Einbruchs!«

»Das können Sie gerne machen. Von Wanzen weiß ich nichts. Sie müssen erst mal beweisen, dass die Dinger von mir sind. Und jetzt entschuldigen Sie mich.«

Blum stand auf. Er reichte mir gerade bis zur Schulter, was selten war, denn ich selbst war gerade mal eins siebzig.

Foster reckte sich und trat auf ihn zu. Er überragte Blum um zwei Köpfe, doch das schien den Schnüffler nicht zu beeindrucken.

»Was wollen Sie tun?« Blum schaute furchtlos in Franks Augen. »Mich verprügeln? Foltern? Umbringen? Denken Sie an den Ärger mit meiner Leiche.«

Ich musterte Blum. »Kein Problem. Sie passen in meinen Reisekoffer. Wenn wir die Beine unterhalb des Knies abtrennen ... reicht sogar die Kühltasche. Und die passt in die gelbe Tonne.«

Nun hatte ich mich vor dem Typen aufgebaut und eine drohende Haltung eingenommen. Leider beeindruckte ihn das überhaupt nicht.

Leicht genervt blickte ich zu Jansen und Foster. In Fernsehkrimis gehörten solche Szenen immer zu den Höhepunkten des Genres.

Kosmo saß auf der Fensterbank – die langen Beine weit von sich gestreckt – und beobachtete uns. Plötzlich begann er zu lachen.

»Es reicht, Grappa«, meldete sich Jansen zu Wort. »Wir müssen ihn laufen lassen. Also – raus hier. Und wenn ich Sie noch einmal in der Nähe meiner Kollegin erwische, dann setzt es was!«

»Wenigstens einer, der in dieser Runde Verstand hat«, näselte der Detektiv. »Einen schönen Abend noch.«

»Dem haben wir ja richtig Angst eingejagt«, stellte ich ironisch fest, als Blum meine Wohnung verlassen hatte. »Jetzt sind wir genauso schlau wie vorher.«

»Wir konnten ihn ja schlecht umbringen«, entschuldigte sich Peter.

»Aber wir hätten ihn ein bisschen mit dem Kopf aus dem Fenster halten können«, maulte ich.

»Warum rufen wir nicht die Polizei?«, fragte Kosmo.

»Das macht keinen Sinn«, klärte Jansen ihn auf. »Privatdetektive sind nicht verpflichtet, ihre Auftraggeber zu nennen. Das ist so ähnlich wie bei uns Journalisten. Unsere Informanten sind gesetzlich geschützt.«

»Wenigstens bist du ihn jetzt los«, stellte der Traummann am Fenster fest. »Er wird seinem Auftraggeber erzählen müssen, dass er aufgeflogen ist.«

»Es wird sich zeigen, ob ich jetzt meine Ruhe habe. Vielleicht wird nun ein anderer mit meiner Bewachung beauftragt.«

»Mach dir mal keine Sorgen, Grappa«, tröstete Jansen mich. »Du hast ja uns.«

»Und wenn er mich angreift? Oder umbringt?«

»Glaub ich nicht«, wandte Frank Foster ein. »Wir kennen seinen Namen. Wie ein Killer sah er sowieso nicht aus.«

»Und wie sehen Killer aus?«

Frank zuckte mit den Schultern.

»Lass gut sein, Grappa«, meinte mein Chef. »So ängstlich kenne ich dich sonst gar nicht. Bleib einfach ganz cool.«

»Danke für den Tipp«, brummte ich. »Wenn ihr an meinem Grab steht, werden wir wissen, wer Recht gehabt hat.«

»Wir sollten endlich zum gemütlichen Teil des Abends kommen«, schlug Kosmo vor. Er schwang seinen Superbody vom Fensterbrett.

»Ich dachte, den hättet ihr beide schon hinter euch«, grinste Jansen. »Die Show, die ihr beiden da eben abgezogen habt, war wirklich heiß.«

»Die Qualität einer Szene hängt immer davon ab, wie sich die Darsteller engagieren. Und in diesem Fall war es nicht schwer – mit diesem überaus begnadeten Partner.«

»Danke«, lächelte Kosmo.

»Genug gesülzt«, mischte sich Frank Foster ein. »Hattest du nicht was von einem gemütlichen Abend gesagt, Grappa?«

Ich entkorkte eine Flasche weißen Rioja, einen von der

Sorte, die jahrelang in Eichenfässern auf ihren genialen Auftritt warten. Für Jansen hatte ich eine Flasche Apfelsaft in den Kühlschrank gestellt. Wir füllten unsere Gläser.

»Seit vier Wochen verfolgt mich dieser Kerl. Wenn ich die Redaktion verlasse, ist er an mir dran. Wenn ich im Restaurant bin, hängt er an der Bar rum. Ich kapiere nicht, was das soll«, meinte ich ratlos.

»Arbeitest du an einer Story, die jemanden interessieren könnte?«, warf Frank ein. »Eine, von der Herr Jansen und ich nichts wissen?«

»Du kannst Peter zu mir sagen«, meinte Jansen.

Frank lächelte. »Und du Frank.«

»Wollt ihr euch nicht küssen?«, fragte ich.

»Später vielleicht«, antwortete Jansen. »Aber lass hören, Grappa! Welches Fettnäpfchen hast du gerade in Arbeit, ohne mich informiert zu haben?«

»Zurzeit nichts. Zumindest nichts Heißes. Nur die Serie über käuflichen Sex in Bierstadt. Das Thema hört sich zwar heiß an, ist aber ziemlich harmlos. Nicht wahr, Kosmo?«

Ich ließ den Blick eine Weile auf ihm ruhen. Kosmo Schmitz. Ich hatte ihn im Rahmen meiner Recherchen kennen gelernt. Ein Mann, der Frauen verwöhnte und Geld dafür bekam.

Er war fünfundzwanzig, stammte aus dem Sauerland, sein Vater war Bauer. Bis Kosmo fünfzehn Jahre alt geworden war, war für ihn Sex gleichbedeutend gewesen mit der Besamung der elterlichen Kühe.

Dann wurde Elisabeth, die verwitwete Bäuerin vom Hof nebenan, auf den gut gewachsenen Nachbarjungen aufmerksam. Sie brachte ihm im zarten Jugendalter bei, dass Sex nicht nur das Abladen von Körperflüssigkeit in ein lebendes Gefäß war.

Kosmo hatte nach der Schule eine Handwerkerlehre gemacht, war an der Gesellenprüfung gescheitert und irgendwann nach Bierstadt, in die liebenswerte und weltoffene Metropole im östlichen Revier, gekommen – dorthin, wo viele Landeier aus der Umgebung strandeten.

Wie viele Frauen Kosmo wohl gehabt hatte? Er war ein schöner Mann, behandelte weibliche Wesen wie Königinnen – auch mich, obwohl ich nicht seine Kundin war.

»Hast du noch so einen leckeren Apfelsaft für mich?«, unterbrach Jansen meine Gedanken.

Der Rest des Abends verlief unterhaltsam. Journalisten, die zusammensitzen, haben immer genug zu erzählen. Auch Kosmo konnte verbal mithalten, denn er war nicht dumm.

Es war weit nach Mitternacht, als sich Frank und Peter verabschieden wollten.

Wir warfen einen Blick auf Kosmo. Er hatte es sich auf meinem Sofa bequem gemacht und war eingeschlummert.

Jansen grinste. »Schöne Nacht noch, Grappa.«

»Werde mich bemühen«, meinte ich knapp.

»Wenn du morgen nicht zur Arbeit kommen willst ... Du hast noch ein paar freie Tage.«

»Ich komme auf jeden Fall zur Arbeit«, versprach ich. »Selbst wenn ich den Kopf unterm Arm trage.«

»An deinen Kopf denke ich jetzt gerade nicht«, sagte Jansen.

»Ich weiß genau, an was du denkst.«

»Das dachte ich mir. Du bist in den letzten Wochen ein bisschen zickig. Vielleicht geht's dir besser, wenn du dich – na ja – mal so richtig entspannst.« Er schaute auf den jungen Mann auf meinem Sofa.

Kosmo hatte wohl bemerkt, dass wir über ihn sprachen, war aufgewacht und blinzelte.

»Vielen Dank für den Rat«, lächelte ich. »Aber findest du nicht, dass du deine Fürsorgepflicht als mein Chef ein wenig zu ernst nimmst?«

Jansen schenkte sich die Antwort, zeigte nur ein süffisantes Schmunzeln im Gesicht. Er und Frank verabschiedeten sich, die Wohnungstür schlug zu.

Ich war im Wohnzimmer geblieben. Kosmo saß inzwischen wieder aufrecht.

»Willst du, dass ich verschwinde?«, fragte er.

»Du kannst gern bleiben«, hörte ich mich sagen. »Du

siehst müde aus. Du wärst nicht der erste Mann, der im Gästezimmer schläft.«

»Und wo schläfst du?«

»Wo schon? In meinem Bett natürlich.«

»Meine Kundinnen sind alle sehr zufrieden mit mir.«

»Das glaub ich dir aufs Wort.«

Kosmo erhob sich und trat zu mir. Seine Lippen an meiner Wange waren sumpfdotterblumenweich.

»Lass dich einfach fallen«, flüsterte er in mein Ohr.

»Der Fall wäre zu tief«, sagte ich rau. »Ich hab noch nie dafür bezahlt.«

»Habe ich von Geld gesprochen?«, fragte er – ein wenig pikiert.

»Trotzdem. Es ist nicht mein Ding.«

»Überlege dir's.« Er rückte von mir ab. »Mein Angebot steht.«

Ich schaute zwischen seine Beine, lachte auf. »Das sehe ich.«

Dann rief ich ein Taxi. Es war doch besser, ihn nicht in der Wohnung zu haben.

Unter Geiern

Zunächst schlief ich tief und traumlos. Der Stress der letzten Tage, den der Privatdetektiv mir beschert hatte, war nicht ohne Folgen geblieben.

Irgendwann in der Nacht schreckte ich hoch. Es begann bereits aufzuhellen. Ich lauschte. Ein ungewöhnliches Geräusch war irgendwo da draußen. Schlaftrunken rappelte ich mich aus den Federn hoch, schaute auf die Uhr. Es war kurz vor fünf.

Ich ging langsam durch die Wohnung, checkte einen Raum nach dem anderen, aber da war nichts, die Wohnungstür war von innen abgeschlossen.

Im Wohnzimmer angekommen, warf ich einen Blick auf den Balkon.

Ein großer Schatten lauerte über dem Blumenkasten. Ich trat näher zur Scheibe hin. Meine Brille hatte ich im Schlafzimmer gelassen, sodass meine Augen keine Einzelheiten erkennen konnten. Doch Bewegungen nahmen sie wahr.

Ich starrte gebannt auf das Knäuel da draußen. Jetzt verbreiterte sich der Schatten plötzlich und ich konnte seine Form zuordnen: Ein Riesenvogel saß auf dem Blumenkasten und glotzte mich an. Sein Gefieder war dicht und dunkel, Kopf und Hals fast nackt. Zwischen den Beinen des Tieres erkannte ich meinen Thymianbusch. Ich hatte ihn von meinem letzten Urlaub in der Toskana mitgebracht.

Nach und nach wurde es heller. Die Sonne des frühen Morgens schob die Wolken zur Seite und tauchte die Szene in goldenes Licht.

Ein Geier, dachte ich, da sitzt ein Geier auf meinem Balkon und guckt mich an.

Das Tier atmete tief, denn der Brustkorb hob und senkte sich deutlich. Dann steckte der Geier seinen kahlen Kopf unter einen Flügel und begann sich zu putzen. Zwischendurch schüttelte er sich immer wieder, damit sein Gefieder die korrekte Lage einnahm.

Ich drehte ab. Sollte ich die Feuerwehr alarmieren? Ein Steak aus dem Kühlschrank holen?

Ich entschied mich, gar nichts zu tun, und legte mich wieder ins Bett.

Vier Stunden später meldete sich der Radiowecker. Schlaftrunken lauschte ich der Musik. Sasha, Bierstadts Softrock-Burschi jammerte *If you believe,* dann folgten die Lokalnachrichten des Radiosenders: *Geier über Bierstadt* – so lautete die erste Schlagzeile. Ich setzte mich in meinem Bett auf, drehte den Ton lauter und hörte den Sprecher vortragen:

Unbekannte Täter gelangten am frühen Morgen gegen vier Uhr unter Anwendung von Gewalt auf das Gelände des Bierstädter Zoos. Dort brachen sie die Tür des Greifvogelgeheges auf und scheuchten die Vögel nach draußen. Zurzeit versuchen Angestellte des Zoos, Polizei und Feu-

erwehr die acht Tiere – es handelt sich um südamerikanische Gänsegeier – wieder einzufangen. Die Bürger werden gebeten, sich beim Auftauchen großer Vögel an die Hotline der Polizei zu wenden. Die Bevölkerung wird davor gewarnt, sich den Geiern zu nähern. Eltern sollten auf ihre Kinder achten.

Es war also kein Traum gewesen. Den großen Vogel gab es wirklich. Ich wurde zwar von einem Schnüffler, aber noch nicht von Halluzinationen verfolgt – das beruhigte mich.

Nicht mehr belastbar

Montagmorgen. Gegen elf Uhr betrat ich die Redaktion und war mal wieder die Letzte. In der Hand trug ich eine Tüte mit zwei geschmierten Brötchen.

Ich ging zum Faxgerät. Es gab Neues von den Geiern. Die Behörden hielten uns auf dem Laufenden. Die Vögel waren wieder daheim, meldete die Polizei. Die Flüchtigen hatten ein paar Runden über den Bierstädter Grünflächen gedreht und waren dann freiwillig in den Zoo zurückgekehrt.

Eltern mussten also keine Sorge mehr haben, dass ihr Nachwuchs aus dem Sandkasten weggekrallt werden könnte. Alles war wieder gut.

Die Greife hatten nur wenig Schaden angerichtet, las ich. Einer hatte sich ein frei laufendes Huhn von der grünen Wiese geschnappt und war damit abgezogen, ein anderes Tier hatte eine Satellitenantenne gekillt, als es mit schwerem Flügelschlag den Abflug machte.

Ich füllte Kaffee und Wasser in die Maschine. Wo waren meine Kollegen?

Im Großraumbüro plärrte das Radio, aber niemand war zu sehen. Auch die Nikotinemissionen hielten sich noch in Grenzen.

Ich ging zu Peter Jansens Zimmer – hier fand gewöhnlich um elf Uhr die Konferenz statt –, klopfte kurz und trat ein.

»Morgen«, sagte ich.

Niemand erwiderte meinen Gruß. Irritiert blickte ich mich um.

Der Großteil der Redaktionskollegen befand sich aber im Raum. Sie saßen an dem Konferenztisch, an dessen Stirnseite normalerweise Peter Jansen thronte. Heute nicht. Da hockte ein Mann, den ich noch nie gesehen hatte.

»Was ist denn hier los?«, fragte ich verdattert.

»Sie sind Frau Grappa«, stellte der Fremde fest. »Schön, dass Sie auch schon zur Arbeit erscheinen. Ab morgen erwarte ich Pünktlichkeit.«

»Wer ist der Typ?«, wollte ich wissen.

Niemand antwortete, ich sah nur ein paar hilflose, verschreckte Mienen.

»Mein Name ist Dirk Jesberg«, antwortete der Mann. »Ich bin seit heute Ihr Chef, Frau Grappa.«

»Chef? Sie?« Ich begriff nicht. »Und wo ist Herr Jansen?«

»Die Verlagsleitung hat Herrn Jansen andere Aufgaben zugeteilt«, lächelte der Mann.

»Einfach so?«

»Einfach so!«

»Und warum?«

»Ich war gerade dabei, es zu erklären. Sie sollten sich erst einmal setzen, Frau Kollegin.«

Er wartete, bis ich mich auf einem Stuhl niedergelassen hatte.

»Die Auflage unserer Zeitung sinkt kontinuierlich«, behauptete Jesberg. »Da muss gegengesteuert werden. Außerdem ist Herr Jansen – nun ja – nicht mehr so belastbar, wie es wünschenswert wäre. Die Verlagsspitze hat sich diese Entscheidung – sie wurde erst gestern Abend getroffen – lange überlegt.«

»Das ist ja unglaublich!«, brauste ich auf. »Das geht doch nicht! Was sagt Herr Jansen denn dazu?«

»Keine Ahnung.« Jesberg zuckte die Schultern. »Das entzieht sich meiner Kenntnis und ist auch nicht mein Problem.«

»Und was sagt ihr dazu?« Ich schaute meine Kollegen fragend an. »Man kann uns doch nicht einfach einen neuen Chef vor die Nase setzen!«

Niemand rührte sich.

»Sie werden sich schon an mich gewöhnen«, sagte Jesberg kühl. »Und jetzt werden wir über das Programm des heutigen Tages sprechen.«

Abserviert

Nach der Konferenz ging ich wie betäubt in mein Büro. Dort wählte ich die Telefonnummer von Peter Jansen. Seine Frau Gerda meldete sich.

»Hier ist Grappa. Was ist los?«, brach es aus mir heraus. »Hier sitzt ein Mann und behauptet, er sei jetzt mein Chef. Das kann ja wohl nicht wahr sein! Was ist mit Peter?«

»Er wurde beurlaubt«, antwortete Gerda Jansen.

»Warum – verdammt noch mal?«

»Ich habe keine Ahnung«, berichtete sie. »Der Verlagsbote brachte einen Brief. Darin wurde Peter mitgeteilt, dass er nicht mehr zu kommen brauche. Er ist dann sofort ins Verlagshaus gefahren.«

»Haben die einen Grund angegeben?«

»Nicht dass ich wüsste.«

»Kann ich Peter sprechen?«

»Im Moment nicht. Er ist beim Anwalt.«

Sie nannte mir die Telefonnummer.

Eine Stunde später saßen Peter Jansen und ich beim Italiener.

»Erzähl«, bat ich ihn. »Ich kann mir nicht vorstellen, dass in deinem Zimmer jemand anders sitzt als du. Was – zum Teufel – ist da gelaufen?«

»Eigentlich nicht viel«, begann Jansen.

Er bemühte sich, seiner Stimme einen sachlichen Klang zu geben, doch ich kannte ihn gut genug, um zu wissen, dass er völlig verwirrt war. Über zwanzig Jahre lang war er der Lokalchef des *Bierstädter Tageblattes* gewesen, fast zehn Jahre davon hatten er und ich zusammengearbeitet. Und jetzt das!

»Erst kam der Brief. Einfach so. Ich war wie vor den Kopf geschlagen. Habe geglaubt, dass alles ein Irrtum sei. Ich dachte, ich kriege das schon wieder hin. Doch als ich beim Chefredakteur im Zimmer saß, kamen plötzlich der Personalchef und der Justiziar dazu. Da wurde mir klar, dass sie es ernst meinen.«

Der Kellner stand vor uns. Wir bestellten das Übliche, er trollte sich.

»Sie warfen mir vor, zugelassen zu haben, dass unsere Lokalausgabe sich nicht mehr am Markt behaupten kann. Die Abonnenten würden in Scharen davonlaufen, die Anzeigenkunden würden zum Lokalradio, Privatfernsehen und zu den Anzeigenblättern abwandern. Außerdem bescheinigen sie mir mangelnde Führungsqualitäten.«

Ich schüttelte den Kopf. »Mensch, Peter! Die Lokalradios und die Privatsender bereiten allen Printmedien Kopfzerbrechen. Außerdem ist unser Verlag doch sowohl an den Radios als auch an den TV-Stationen beteiligt. Das Geld fließt also noch immer in denselben Topf.«

»Dieses Argument habe ich natürlich auch vorgebracht. Auch auf den Vorwurf meiner angeblichen Führungsschwäche habe ich mich nicht eingelassen. Aber – irgendwie hatte ich das Gefühl gegen eine Betonwand zu reden. Sie sagten schließlich, dass ein Wechsel notwendig sei, ich solle Jüngeren eine Chance geben und so weiter und so fort. Dann schlugen sie mir vor, in die Redaktion eines der Anzeigenblätter zu wechseln.«

»Das hast du natürlich abgelehnt.«

»Aber wie!« Jansen regte sich auf. »Das musst du dir mal vorstellen: abgeschoben zu einem Produkt, in dem die freien Plätze zwischen den Anzeigen mit irgendeinem Schrott zugeklatscht werden! Außerdem hatten die vor, mein Gehalt um fünfhundert Mark monatlich zu kürzen.«

»Und wie ging's weiter?«

Der Kellner brachte Brot und Mineralwasser.

»Ich kündigte an, vors Arbeitsgericht ziehen zu wollen. Genau in diesem Moment zog der Justiziar ein Schreiben aus der Tasche, in dem meine Beurlaubung ausgesprochen wurde. Außerdem haben die mir fristgerecht gekündigt. In sechs Monaten bin ich fällig. Dann stehe ich ohne Job da und kann auch noch zum Arbeitsamt gehen. Schluss, aus, finito!«

»Wir werden Kündigungsschutzklage einreichen«, sagte ich. »Oder eine einstweilige Anordnung erwirken. Wir werden für dich auf die Straße gehen. Ich werde mich an den Haupteingang des Verlagshauses anketten, Flugblätter verteilen und ...«

»Danke, Grappa«, unterbrach mich Jansen. »Bist ein gutes Mädchen. Aber die Zeiten sind nicht mehr so wie früher. Du wirst keinen Zweiten finden, der für mich auf die Barrikaden steigt. Da muss ich allein durch. Natürlich werde ich vors Arbeitsgericht gehen und alle juristischen Möglichkeit ausschöpfen. Aber zuerst einmal bin ich kaltgestellt. Und zwar richtig.«

»Was steckt wirklich dahinter?«

»Das ist mir noch nicht ganz klar. Ich gebe zu, Grappa, dass ich noch nie einen solchen Tiefschlag einstecken musste. Ich fühle mich ...«, er suchte nach den richtigen Worten, »... wie gelähmt.«

»Wer ist dieser Jesberg? Wo kommt er plötzlich her? Hat er überhaupt Ahnung von dem Job?«

»Journalist ist er schon. Er war oder ist noch Herausgeber einer politischen Monatsschrift. Den Namen weiß ich nicht. Kein bekanntes Blatt.«

»Und ein solcher Typ soll unsere Zeitung nach oben bringen?«, fragte ich ungläubig.

»Es gibt noch einen Grund. Jesberg ist der Schwiegersohn des neuen Verlegers. Sohnemann brauchte wohl ganz schnell einen gut bezahlten Job. Und den hat er jetzt.«

Entschieden sozial

Am nächsten Tag hatte ich einen Termin bei meinem neuen Chef.

»Lassen Sie uns einen neuen Anfang machen«, schlug er vor, als ich gerade mal ein paar Sekunden auf dem Besucherstuhl gesessen hatte.

Ich antwortete nicht, sah mich um. Wehmut ergriff mich. Das sonst so chaotisch anmutende Büro war penibel aufgeräumt, die Zeitungsberge, die Jansen aufgetürmt hatte, waren verschwunden, an der Wand hingen keine Kinderzeichnungen mehr, sondern genormte Kunstdrucke, die grüne Wiesen, bunte Blumen und tiefblaue Seen zeigten. Doch der romantische Kram erwärmte die Atmosphäre in dem Raum auch nicht, und Jesbergs Augen schon gar nicht.

Er war etwa in meinem Alter, hatte kein einziges Haar mehr auf dem Schädel, die Augenbrauen und Wimpern waren rotblond, die Iris von einem matten Eisgrau.

Das geht nie und nimmer gut mit dem, dachte ich, und ich werde dafür sorgen, dass es schneller nicht gut geht.

»Ich habe nichts gegen Herrn Jansen persönlich«, plapperte Jesberg weiter, die Stimme auf jovial getrimmt. »Der Verlag hat die Entscheidung getroffen und wir alle – auch Sie, Frau Grappa – sollten dies akzeptieren.«

Nichts sagend schaute ich ihn an. Spielte Pokerface. Wusste, dass ich ein paar Wochen durchhalten musste, der Sache wegen. Wegen Peter. Wegen mir. Etwas Zeit würde ich brauchen, um seine schwache Stelle zu finden. Sein Lindenblatt.

»Ich habe Ihre Artikel der letzten Monate gelesen, Frau Grappa«, sülzte er. »Ich hoffe, Sie werden auch unter meiner Leitung so kreativ sein. Ich jedenfalls biete Ihnen eine kollegiale Zusammenarbeit an.«

Jetzt lag der schwarze Peter bei mir. So lernt man das in den Führungskräfteseminaren, dachte ich, man zieht das

Messer, drückt's dem anderen lächelnd in die Hand und hofft, dass er es sich selbst in den Bauch rammt.

»Wenn Sie wirklich ein Kollege sind, werde ich mit Ihnen so etwa in dieser Art zusammenarbeiten«, kündigte ich an.

»Heißt das, dass wir uns einig sind?« Die Lippen kräuselten sich und versuchten ein Lächeln vorzutäuschen.

»Warten wir's ab«, antwortete ich sibyllinisch.

Mein Blick fiel auf die Rückseite eines versilberten Fotorahmens. Solche Typen hatten immer Bilder von ihrem Anhang auf dem Tisch stehen. Ich griff nach dem Rahmen und drehte ihn um. Ein paar treue braune Augen blickten mich an.

»Schönes Tier«, sagte ich. »Ich nehme an, er gehorcht aufs Wort.«

»Allerdings.«

Ich stellte das Bild wieder hin.

»Wird sich an der Richtung der Zeitung unter Ihrer Leitung etwas ändern?«, fragte ich kühl.

»Nur wenn wir es demokratisch beschließen.« Jesbergs Stimme klang ein wenig erleichtert. »Ich lege großen Wert auf redaktionelle Mitbestimmung.«

»Gut zu hören!«

»Natürlich bin ich gehalten, mich an die Herausgeberrichtlinien zu halten, die da heißen: ›unabhängig, überparteilich‹ und ›entschieden sozial‹. Wir sind eine Familienzeitung – und darin haben bestimmte Außenseiter-Themen nichts zu suchen.«

Ich begann zu verstehen. Da war meine Serie über käuflichen Sex in Bierstadt. Und mein geplanter Bericht über die Coming-out-Gruppe für junge Schwule und Lesben im Bierstädter Kommunikationszentrum. Die Reportage über Schicksale im Frauenhaus konnte ich wohl auch abhaken. Meine journalistische Zukunft würde hart werden, wenn ich mir nichts einfallen ließe.

»Und falls Sie nicht wissen sollten, wie diese wunderbaren Zeitungsrichtlinien mit Leben zu füllen sind, wenden Sie sich an mich. Ich werde immer ein Ohr für meine Mitarbeiterinnen und Mitarbeiter haben. Und ganz besonders für Sie, Frau Kollegin!«

Es klang wie eine Drohung. Der Mann muss weg, dachte ich entschlossen, und zwar zügig.

Keine Lichterkette

»So ist das eben im real existierenden Kapitalismus«, resümierte Frank Foster, nachdem ich ihm von meiner Begegnung mit Jesberg erzählt hatte.

»Was ist ›eben so‹?«, fragte ich ungehalten.

»Ich hatte auch schon eine Audienz bei ihm. Er hat mir ebenfalls eine kollegiale Zusammenarbeit angeboten. Und gesagt, dass er immer ein Ohr für meine Probleme habe. Und dass er meine bisherige Arbeit schätzen würde. Und dass unsere Zeitung bunter und gefälliger werden müsse.«

»Und du glaubst ihm dieses Gesülze?«

»Weiß nicht.«

Foster und ich hatten uns nach Dienstschluss in ein Bistro verzogen. Ich kämpfte lustlos mit einem belegten Baguette, das so groß war, dass ich Maulsperre beim Essen bekam. Ich klappte das Teil auseinander. Salatblätter, Remoulade und halbgrüne Tomatenscheiben purzelten raus. Yuppi-Fraß, doch hier gab's nichts anderes. Ich schob den Teller weg.

»Reden wir darüber, wie wir Peter helfen können«, schlug ich vor. »Oder hast du kein Interesse daran?«

»Natürlich«, beeilte er sich zu versichern.

Ich orderte einen Milchkaffee. Foster wischte sich ein paar Körner vom Kinn. Er hatte die makrobiotische Variante der Brotstange vor sich, die wie frisch getöpfert aussah.

»Gewaltloser Widerstand«, bot er als Lösung an.

»Und an was denkst du da?«

»Zum Beispiel an eine Lichterkette vor dem Verlagshaus!«

Ich verschluckte mich an dem Kaffee.

»Mit fünf Leuten? Wer, glaubst du, lässt sich dadurch beeindrucken?«

»Dann drucken wir Flugblätter.«

»Frank! Die späten Sechziger sind vorbei«, erinnerte ich ihn. »Wir müssen stärkere Geschütze auffahren!«

»Und was für welche? Willst du einen Killer anheuern, der ihn umlegt?«

»Amüsante Idee«, bewertete ich seinen Vorschlag. »Ist aber nicht durchführbar. Mord ist in diesem Land verboten. Außerdem kann ich das mit meinem Gewissen nicht vereinbaren. Ich bin katholisch erzogen worden. Obwohl die katholische Kirche den Tyrannenmord unter bestimmten Bedingungen ja toleriert.«

»Dass du was Christliches an dir hast, konntest du bisher gut verstecken, Grappa.« Sein Ton war so trocken wie die Körnerstange, mit der er sich noch immer im Clinch befand.

»Lenk nicht vom Thema ab«, blieb ich bei der Sache. »Der Mann muss weg, damit Peter wiederkommen kann.«

»Finde ich ja auch. Was also schlägst du vor?«, krümelte er.

»Psychoterror. Wir sorgen dafür, dass Jesberg nicht mehr gerne zur Arbeit kommt. Dass er uns alle hasst. Dass er Herzprobleme kriegt, wenn er sein Büro betritt. Und Panikattacken, wenn er das Logo des Verlages sieht.«

»Und wie willst du das anstellen?«

»Ich überlege mir ein paar nette Sachen«, versprach ich. »Ziehst du mit?«

»Aber klaro. Ich hab früher mal die *Taktik des Guerillakrieges* von Mao-Tse-tung studiert«, bekannte mein Kollege. »In meiner Studentengruppe. Die Vietnamesen haben diese Strategie erfolgreich gegen die US-Imperialisten angewandt. Und den Krieg gewonnen – wie du vielleicht mitbekommen hast.«

»Der Ausgang des Vietnamkrieges ist mir bekannt. Wir wollen aber keine Regierung stürzen, sondern nur Jesberg erledigen. Außerdem gibt's zu wenig Dschungel in Bierstadt. Oder meinst du, man kann aus dem Westenhellweg einen Ho-Chi-Minh-Pfad machen?«

»Es geht um die ideologische Ausrichtung eines erfolgreichen Kampfes! Es geht um die gerechte Sache! Da ist es egal, ob der Kampf in Betonschluchten in Bierstadt oder in der grünen Hölle des Mekong-Deltas stattfindet.«

Endlich hatte Frank sein Brötchen erledigt. Auf der Tischdecke lagen die abgesprengten Samenkörner wie gekillte Ameisen herum.

»Du hast Recht«, klopfte ich ihm aufmunternd auf die Schulter. »Wir sollten das eine tun, ohne das andere zu lassen. Wenn meine Psychostrategie erfolglos ist, kannst du immer noch Flugblätter verteilen, dir die Hände mit Lichterkettenwachs versauen, den Verleger entführen oder ein Entlaubungsmittel über Bierstadt versprühen.«

»Mensch, Grappa!«, kam es ziemlich entsetzt. »Agent Orange haben die US-Kriegsverbrecher benutzt und nicht der Vietcong!«

Lange Hälse

In der folgenden Nacht wurde wieder in den Bierstädter Zoo eingebrochen. Diesmal befreiten die Täter die Giraffen aus dem Gehege. Auf der nahen Bundesstraße entstand ein Verkehrschaos, als eine Gitternetz-Giraffe vom Grünstreifen auf die Fahrbahn trat, gefolgt von ihrem wenige Monate alten Kalb. Zum Glück geschah den Tieren nichts, lediglich der Berufsverkehr brach für eine Stunde zusammen.

Die Polizei befragte Nachbarn und suchte nach Zeugen – vergebens. Klar war nur, dass der oder die Täter genau wussten, wie die Käfige und Häuser zu öffnen waren. Außerdem mussten sie sich gut mit Tieren auskennen, denn nicht jeder hat ein Händchen für Geier aus Amerika oder Langhälse aus Südafrika.

Jesberg halste mir die Story auf. Ich machte gute Miene zu meinem neuen Auftrag. Interessant war ja schon, was da abging im Zoo.

Richtig Spaß machen würde mir die Sache aber erst, wenn die Raubtiere unerlaubten Freigang bekämen. Ich hatte nämlich erfahren, dass Jesbergs Villa direkt im Grüngürtel neben dem Zoo lag. Ein hungriger Tiger würde sich bestimmt darüber freuen, mit Jesberg Fangen spielen zu dürfen. Doch auf solch glückliche Zufälle zu hoffen war unprofessionell.

Ich fuhr mit ›Big Mäc‹, dem Fotografen, zu der Stelle, an der die Giraffen gesichtet worden waren. Big Mäc – jeder nannte den Knipser so, der alles anderes als groß und kräftig war und dem Klassiker der Fast-Food-Kette nun wirklich nicht ähnelte.

»Was sollen wir auf der Straße?«, fragte er. »Die Tiere sind doch längst weg.«

»Kein Problem«, sagte ich. »Du lichtest die Stelle ab, dann fahren wir zum Zoo und du knipst die Giraffen. Am Ende fummelst zu alles zusammen.«

»Ich kann es nicht leiden, wenn du ›knipsen‹ sagst, Grappa«, nörgelte er. »Ich bin Fotograf und ich fotografiere. Klare Sache, das.«

»Okay«, gab ich nach. »Du bist ein Künstler. Und du fotografierst. Ich werd's mir merken, Kleiner.«

Big Mäc seufzte.

»Was hältst du eigentlich von Jesberg?«, änderte ich das Thema.

»Kann nichts Schlechtes über ihn sagen«, wich er aus.

»Und wie Jansen abserviert worden ist – das findest du okay?«

»Dumme Sache, das«, räumte er ein. »Doch so läuft das nun mal. Wir alle werden irgendwann aussortiert, Grappa. Da kann man nix machen.«

»Werden wir nicht«, widersprach ich heftig. »Zumindest nicht so brutal. Hätte ich nicht gedacht, dass du so ein Charakterschwein bist. Du hast Peter 'ne Menge zu verdanken.«

»Hör auf, hier rumzuschreien! Jesberg hat mir einen unbefristeten Vertrag angeboten. Und den werde ich nehmen! Dein Super-Peter hat mich immer wieder vertröstet. Von Monat zu Monat. Verdammte Hinhaltetaktik, das.«

»Soll ich dir sagen, warum er das getan hat? Weil der Verlag keine Planstelle für dich bewilligt hat!«

»Das glaube ich nicht«, wandte der Fotograf ein. »Jansen wollte, dass ich die Existenzangst im Nacken habe. Weil ich nur dann gut arbeiten würde. Das hat er mir selbst gesagt. Du brauchst den Druck, Kleiner – das waren seine Worte.«

Ich schwieg betroffen.

»Kapierst du jetzt, dass ich keinen Grund habe, gegen Jesberg zu arbeiten? Er gibt mir das, wozu Jansen seit Jahren nein sagt. Reelle Sache, das.«

»Peter hat dich immer fair behandelt«, beharrte ich. »Das weißt du ganz genau. Aber – wenn solche Typen wie du erst einmal Fotoredakteure heißen, vertreiben sie sich ihre Zeit lieber auf Jubilarehrungen, Matineen und Schnittchenterminen. Da ist dann nichts mehr mit nachts aufstehen und raus zum Tatort, da bleibt man lieber im warmen Bettchen bei der Mama … weil die Kohle jeden Monat schön regelmäßig aufs Konto fließt.«

»Du bist eine arrogante und zynische Zicke, Grappa!«, brüllte Big Mäc. »Jetzt weiß ich wenigstens, was du von mir hältst.«

Mit fliegenden Fingern zog er eine Zigarette aus der Schachtel auf der Ablage.

»Ich bin es leid, dass du mich wie deinen Fußabtreter behandelst«, schimpfte er weiter. »Nur weil ich deinem göttlichen Peter nicht nachtrauere. Den Teufel werde ich tun. Und ich werde mich bei Jesberg über dich beschweren. Verdammte Sache, das!«

»So ist das also! Jetzt wird auch noch gepetzt«, ereiferte ich mich.

»Hör zu!« Big Mäc hatte feuchte Augen. »Lass uns diese verdammte Geschichte hinter uns bringen – und dann getrennte Wege gehen. Soweit das möglich ist. Ich werde zusehen, dass ich nicht die Termine machen muss, auf die du gehst.« Hektisch zog er an seiner Zigarette.

»Wie du meinst«, sagte ich. »Verräter waren mir schon immer ein Gräuel. Und Raucher übrigens auch.«

Kissenschlacht

Ich haute die Giraffenstory lustlos in den PC und telefonierte ein bisschen, um mich aus der bedrückten Stimmung herauszukatapultieren – doch es gelang nicht.

Jansen war nicht da, Big Mäc war nicht mehr mein Freund und meine Aussichten in der Redaktion nicht gerade rosig.

Jetzt saß ich in meiner Wohnung, hatte mir Pasta gekocht und eine Flasche Grünen Veltliner geöffnet. Das erste Glas war gerade leer, als das Telefon klingelte.

Es erschien Kosmos Nummer im Display. Ich hatte keine Lust, mit ihm zu reden, und wartete, bis der Anrufbeantworter ansprang.

»Hallo, schön, dass Sie mich anrufen, aber ich bin gerade mit meinem Kampfhund auf dem Abenteuerspielplatz«, hörte ich meine Stimme sagen. »Hinterlassen Sie bitte eine Nachricht.«

»Es geht um Buffalo. Er ist tot«, sagte Kosmo mit Grabesstimme. »Bitte, Grappa, nimm den Hörer ab.«

Ich nahm einen Schluck Wein und wartete.

»Bitte, Grappa, ich muss mit jemandem reden!«

»Hallo, Baby!«, sagte ich endlich in die Muschel. »Wer ist Buffalo?«

»Buffalo ist ein Kollege«, schniefte er. »Ein ganz lieber Kerl. Und jetzt ...« Ein Schluchzer drang an mein Ohr. »... ist er tot.«

»Wie ist das passiert?«

»Keine Ahnung.«

»Hat er zu viel ... gevö... gearbeitet?«

»Mensch, Grappa! Wie soll ich das wissen?«, jammerte Kosmo. »Ich hab versucht ihn zu erreichen. Per Telefon. Und dann bin ich in seine Wohnung. Und hab ihn gefunden.«

Die Sache war ernster, als ich dachte.

»Komm vorbei und erzähl mir alles«, schlug ich vor. »Bist du in der Lage, Auto zu fahren?«

»Ich nehm ein Taxi«, weinte er.

Eine halbe Stunde später lag Kosmo völlig erschöpft auf meinem Sofa. Ich reichte ihm ein Glas Wein, er trank hastig.

»Ich bin ganz Ohr.«

»Vorgestern noch haben wir über eine Urlaubsvertretung verhandelt«, schluchzte Kosmo. »Buffalo war von einer Stammkundin in die Karibik eingeladen worden, das wollte er sich natürlich nicht entgehen lassen.«

»Urlaubsvertretung?« Ich war verblüfft.

»Wir haben uns gegenseitig ausgeholfen. Urlaub, Krankheit oder auch mal bei Unfällen.«

»Ihr habt ja ein super Betriebsklima. Kam das häufig vor?«

»Nein. Aber letztes Jahr hatte ich zum Beispiel eine schwere Bronchitis«, erzählte Kosmo. »Ich lag fünf Wochen flach. Wenn mir Buffalo nicht beigestanden hätte, hätte ich mein Geschäft wieder neu aufbauen müssen. Ich kann es nicht fassen, dass er nicht mehr lebt. Er war wirklich mein Freund. Und, weißt du, Grappa, in meinem Job hat man nicht viele echte Freunde.«

»Armes Baby«, meinte ich mitleidig.

Kosmos wirres schwarzes, leicht gelocktes Haar umrahmte das perfekt geschnittene Gesicht, auf dessen Wangen ein Dreitagebart dabei war, sich auszubreiten.

»Buffalo war ein Künstlername«, erklärte Kosmo. »Er war eine Seele von Mensch. Ihn buchten hauptsächlich Frauen, die ... na ja ... besonders dringend Zärtlichkeit brauchten, weil ihre Männer sie nicht mehr beachteten. Er war derjenige von uns, der die meisten Stammkundinnen hatte, Frauen, die immer wieder kamen. Und nur ihn wollten.«

»Und was hatte er, was du nicht hast?«, wollte ich wissen.

»Er war so 'ne Art Doktor. Hörte sich stundenlang die langweiligsten Ehegeschichten an. Hatte immer Verständnis. Seine Patientinnen waren meist verheiratet. Und das seit vielen Jahren.«

»Und deine Kundinnen?«

»Das sind eher so Typen wie du«, antwortete Kosmo.

Ich klemmte mir die Frage, die mir auf der Zunge lag.

»Erzähl mir ganz genau, wie du Buffalo gefunden hast!«

»Es war einfach furchtbar«, sagte Kosmo leise. »Wir wollten uns auf ein Bier treffen. Nach langer Zeit mal wieder. Er kam aber nicht. Ich rief ihn an. Nichts. Da bekam ich ein ungutes Gefühl. Also bin ich zu seiner Wohnung gefahren. Die Tür war nur angelehnt.«

Ich goss Wein nach. Er schüttete ihn hastig in sich hinein.

»Ich ging also rein und da lag er«, setzte Kosmo seinen Bericht fort.

»Wo lag er?«

»Auf dem Bett.«

»Hast du einen Arzt geholt?«

Kosmo schüttelte den Kopf. »Nein, da war nichts mehr zu machen.«

»Wie kamst du darauf?«

»Ich wusste eben, dass es sinnlos war. Er atmete nicht mehr. Ich hab ihn geschüttelt, ihn angebrüllt. Nichts! Er ist umgebracht worden!«

»Moment! Könnte es nicht ein natürlicher Tod gewesen sein?«

»Nein.«

»Wieso bist du dir da so sicher?«

»Sein Gesicht ...« Kosmo verstummte.

»Was war mit seinem Gesicht?«

»Die Augen waren weit aufgerissen und starr. Als habe er vor seinem Tod Fürchterliches gesehen. Auch der Mund war verzerrt. Ich habe nie etwas Schrecklicheres gesehen!« Er fing wieder an zu schluchzen.

»Beruhige dich wieder.« Ich nahm ihn in den Arm. »Was sagt denn die Polizei?«

»Bist du wahnsinnig? Ich hab doch die Bullen nicht gerufen! Was glaubst du, was die mit mir gemacht hätten?«

»Wieso? Du hast ihn doch nur gefunden. Da kann dir doch nichts passieren.«

»Ich habe ihn angefasst – geschüttelt. In seiner Wohnung sind meine Fingerabdrücke. Und – ich habe kein Alibi. Ich war den ganzen Abend allein zu Hause.«

»Hm. Verstehe.«

»Die hätten mich für den Mörder gehalten!«

»Könnte sein«, gab ich zu. »Hast du irgendwelche Wunden an der Leiche bemerkt?«

»Nein. Ich habe allerdings auch nicht richtig nachgeguckt. Ich war viel zu aufgeregt.«

»Ist dir sonst noch was aufgefallen?«

»Da waren diese weißen Federn.«

»Federn?«

»Überall lagen sie herum – auf dem Bett, auf dem Teppich, auf der Fensterbank.«

»Und woher kamen diese Federn?«

»Keine Ahnung. Vielleicht aus dem Kopfkissen? Es sah aus wie … nach einer Kissenschlacht. Das hab ich als Kind mit meinem Bruder oft gespielt. So lange, bis die Kissen aufgeplatzt sind und die Daunen durchs Kinderzimmer flogen.«

»Merkwürdig«, grübelte ich. »Ein toter Mann inmitten von Federn. Das hört sich an wie ein Ritualmord.«

»Sollen wir hinfahren?«, fragte Kosmo. »Dann kannst du dir selbst ein Bild machen.«

»Lieber nicht«, wehrte ich den Vorschlag ab. »Ich will keine Spuren hinterlassen. Sonst halten die Bullen mich noch für eine Kundin. Aber … wir können Buffalo nicht einfach so liegen lassen. Wer weiß, wann ihn jemand findet.«

»Und? Was willst du machen?«

»Ich rufe die Polizei an und sage einfach, jemand hätte mich anonym angerufen und einen Toten gemeldet. Wo wohnt Buffalo?«

Kosmo nannte mir die Adresse eines Appartementhauses in der Bierstädter City. Beste Lage, ganz zentral.

Ich wählte die Nummer der Kripo. Dann erzählte ich Kriminalhauptkommissar Anton Brinkhoff die Geschichte von einem anonymen Anrufer, der mich auf eine Leiche aufmerksam gemacht habe. Mehr wisse ich nicht, auch die Stimme des Anrufers sei mir völlig unbekannt gewesen. Ob Brinkhoff mir glaubte, weiß ich nicht. Aber es war mir auch ziemlich egal.

Kosmo durfte den Rest der Nacht in meiner Wohnung verbringen. Auf dem Gästebett. Ich brachte es nicht über mich, ihn wieder in die Nacht hinauszuschicken.

Hausbesuche

»Da gibt es einen Mord an einem so genannten Callboy«, tat Jesberg am Morgen kund. Der neue Chef stand in meinem Zimmer. Ich vergaß, ihm einen Platz auf dem Freischwinger anzubieten. Jesberg wirkte wie aus dem Ei gepellt. Klasse-Zwirn, gestärktes Hemd, blank polierte Schuhe. Das Herrenparfum genau in der richtigen Dosierung angewandt. Ein Raubfisch in Designerklamotten, der aber nur zuschnappen konnte, wenn ich zu nahe ans Meer ging. Doch wo genau befand sich das Ufer, das ich meiden musste?

»Die Polizei hat ihn gestern Nacht gefunden«, setzte Jesberg seinen Bericht fort. »In einem Appartement in der City. Hier ist die Pressemitteilung.« Er legte das Fax auf meinen Tisch.

»Könnten Sie sich darum kümmern, Frau Grappa?«

»Natürlich«, sagte ich. »Wenn Sie es wünschen.«

»Das tue ich. Bemühen Sie sich aber um Sachlichkeit«, befahl er. »Ich möchte solchen Dingen in unserer Zeitung nicht allzu viel Raum geben. Nur die Fakten und nur das, was Polizei und Staatsanwaltschaft offiziell bekannt geben. Daran kommen wir nicht vorbei. Keine eigenen Ermittlungen, keine Prophezeiungen, kein Blut- und Sperma-Journalismus – auch wenn es schwer fällt. Wir sind eine Familienzeitung.«

»Ich weiß. Das merke ich besonders an den Kleinanzeigen in unserem Blatt«, entgegnete ich.

»Wie soll ich das verstehen?«

»Die Angebote der Sexklubs, die Inserate der Hostessen, die ihre Dienste anbieten, die jungen Polinnen, die auch Hausbesuche machen – alles sehr familienverträglich.«

»Diese Dinge betreffen nicht den redaktionellen Teil des *Bierstädter Tageblattes*«, meinte Jesberg kühl. »Damit habe ich nichts zu tun. Ich bin für die journalistische Richtung verantwortlich. Und dafür, dass sie eingehalten wird.«

»Meinen Sie, unsere Leser können auch so differenzieren?«, fragte ich.

Jesberg schenkte sich die Antwort und drehte ab. Ich wartete eine Weile, bis sich der Geruch seines Parfums aus meinem Zimmer verzogen hatte.

Dann wählte ich die Durchwahlnummer von Hauptkommissar Anton Brinkhoff. Er war sofort am Rohr.

»Hier Grappa. Woran ist er gestorben?«

»Frau Grappa!« Brinkhoff klang genervt. »Sie wissen doch, wie lange eine Obduktion in Bierstadt dauert.«

»Und der erste Augenschein?«, setzte ich nach.

»Die Staatsanwaltschaft ermittelt auf Hochtouren. Heute Nachmittag gibt es eine Pressekonferenz. Da können Sie Ihre Fragen stellen. Außerdem müssen Sie noch ein Protokoll unterzeichnen. Zu dem Anruf von gestern, den Sie angeblich erhalten haben.«

»Wieso angeblich? Glauben Sie mir nicht?«

»Es bleibt mir wohl nichts anderes übrig, als Ihnen zu vertrauen. Obwohl es ziemlich merkwürdig ist, dass Sie immer wieder in solche Sachen geraten. Ein toter Callboy. Warum werden Sie über seinen Tod informiert? Haben Sie Kontakt zu der Szene?«

»Privat oder beruflich?«

»Dienstlich natürlich. Vielleicht arbeiten Sie gerade an einer Geschichte zu dem Thema.«

»Hab ich«, sagte ich wahrheitsgemäß. »Der Arbeitstitel der Serie hieß *Geld und Liebe in Bierstadt*. Vielleicht habe ich deshalb den Anruf bekommen. Weil jemand wusste, dass ich dieses Thema recherchiert habe. Doch die Geschichte hat sich erledigt.«

»Warum haben Sie Ihre Arbeit an der Serie eingestellt?«

»Für solche Themen ist in unserer Zeitung ab sofort kein Platz mehr. Wir haben einen neuen Redaktionsleiter.«

»Davon habe ich gehört«, sagte Brinkhoff. »Wie kommen Sie denn mit Herrn Jesberg zurecht?«

»Sie kennen seinen Namen?«

»Ich habe ihn mal im Zuge von Ermittlungen getroffen. Da ahnte ich allerdings noch nicht, dass er eines Tages Ihr Chef werden würde.«

»Was waren das für Ermittlungen?« Ich war hellwach.

»Sie wissen doch, dass ich das nicht sagen darf.«

»Nur eine Andeutung«, bettelte ich.

»Es war eine Lappalie«, wiegelte der Hauptkommissar ab.

»Dann können Sie es mir doch erzählen«, beharrte ich.

»Tut mir wirklich Leid für Herrn Jansen«, wechselte Brinkhoff das Thema. »Ich habe ihn immer gern gemocht. Auf sein Wort und seine Zusagen konnte man sich verlassen. Schade.«

»Sie tun ja so, als ob er schon tot sei«, regte ich mich auf. »Er wird vor dem Arbeitsgericht klagen. Und bald wieder da sein.«

Sex per E-Mail

Die Pressekonferenz der Staatsanwaltschaft, zu der eingeladen worden war, brachte wenig neue Informationen zu Tage.

Buffalos richtiger Name war Manfred Moor, er war dreiunddreißig Jahre alt geworden. Zur Todesursache äußerte sich der ermittelnde Staatsanwalt ziemlich sparsam, er stellte nur fest, dass es sich um einen unnatürlichen Tod gehandelt habe. Genauere Details gab es nicht. Die Journalisten wurden wieder mal auf die Ergebnisse der gerichtsmedizinischen Untersuchung vertröstet.

Immerhin wurde bekannt gegeben, dass Buffalo sich als Callboy seine Brötchen verdient hatte – ein Umstand, der die Kollegen von den Boulevardblättern und TV-Privatsendern ganz nervös machte.

Als noch erwähnt wurde, dass der Tote seine Dienste im Internet auf einschlägigen Sex-Sites angeboten hatte, waren die Journalisten kaum noch zu halten. Über die Internet-Adresse schwiegen sich die Fahnder allerdings aus.

Gegenüber den Kollegen hatte ich den Vorteil, Manfred Moors ›Künstlernamen‹ zu kennen – das würde es mir erleichtern, seine Webseite zu finden. Außerdem gab es ja da noch meinen ›kleinen Bruder‹ Kosmo.

Zurück in der Redaktion warf ich meinen PC an, holte mir eine Suchmaschine auf den Monitor und gab als Suchbegriff *Callboy* ein. Es dauerte nicht lange und über tausend Dokumente wurden angezeigt. Es würde mühsam sein, sie alle zu lesen.

Ich klickte erneut in die Suchzeile und tippte *Buffalo* in die Tastatur. Die Ergebnisliste der Suchmaschine offerierte mir von einer Bullenschau in Texas, über den Kampf der weißen Siedler in den USA bis hin zu den historischen Heldentaten von Buffalo Bill viele informative Seiten – nur mit Sex und Manfred Moor hatten sie nichts zu tun.

Ich rief Kosmo an. »Kannst du mir sagen, wie ich an die Webseite von Buffalo drankomme?«

»Was weißt du darüber?«

»Die Staatsanwaltschaft hat gerade bekannt gegeben, dass Buffalo im Internet inseriert hat«, erklärte ich, »jetzt stürzen sich alle Journalisten ins Web. Doch ich weiß nicht, wie ich Buffalo finden kann.«

»Verdammt«, rief Kosmo aus, »die Polizei muss seinen PC gecheckt haben! Das ist eine schöne Scheiße! Dann finden die auch mich.«

»Wieso?«

»Wir waren zu dritt«, berichtete er. »Wenn die Bullen seine Seite gefunden haben, dann kennen die auch meine E-Mail-Adresse und die von Turbo.«

»Wer um Himmels willen ist Turbo?«

»Ein Kollege. Wir drei haben zusammengearbeitet.«

»Ich verstehe«, behauptete ich. »Die Nummer hatten wir doch schon. Krankheit und Urlaub. Warum hast du mir nicht gleich erzählt, dass ihr zu dritt wart?«

»Warum sollte ich? Turbo ist schließlich noch putzmunter.«

»Na klar. Du lebst ja auch noch. Fragt sich nur, wie lange.«

»Wieso?«

»Es kann sein, dass es der Mörder nicht nur auf Buffalo abgesehen hat, sondern grundsätzlich Jungs, die mit Sex Geld verdienen, nicht ausstehen kann.«

Schweigen am Ende der Leitung.

»Bist du noch da?«, fragte ich.

»Ja. Wir müssen reden, Grappa.«

»Über was?«

»Ich habe dir nicht alles erzählt ...«, druckste er. »Kannst du heute Abend zu mir nach Hause kommen?«

»In deine Lasterhöhle?«

»Ich habe eine ganz normale Wohnung.«

»Schade!« Wir verabredeten uns.

Zwei Stunden später hatte ich meinen Artikel fertig:

MYSTERIÖSER TOD EINES CALLBOYS

Sein letzter Besucher war ein Besucher zu viel. Manfred Moor (33), genannt ›Buffalo‹, ist gestern Abend tot in seinem Appartement in der Bierstädter City gefunden worden. Der gut aussehende junge Mann, der Liebesdienste gegen Geld verkaufte, ist nach ersten Ermittlungen der Polizei einem Gewaltverbrechen zum Opfer gefallen.

Nach Angaben der Staatsanwaltschaft bot das Opfer seine Dienste im Internet an. Hier konnten Frauen mit dem Callboy einen ersten Kontakt knüpfen und Verhandlungen über Art, Umfang und Preis seiner Sexleistungen führen.

Nach Recherchen unserer Zeitung hatte Manfred ›Buffalo‹ Moor eine große Zahl von Stammkundinnen. Die meisten von ihnen waren verheiratet.

Ob eine dieser Frauen oder einer der Ehemänner in die Tat verwickelt sein könnte, liegt noch im Dunkeln. Auch über die genaue Todesursache schweigen sich die Behörden aus. Die Ermittlungen dauern an.

Ich speicherte den Artikel ab und packte meine Sachen zusammen.

Der Weg zu Kosmos Wohnung war nicht weit. Ich startete mein Cabrio, reihte mich in den fließenden Verkehr ein und bemerkte, dass mir ein dunkelgrüner Wagen folgte. Der Fahrer war darum bemüht, sich unauffällig zu verhalten, und dadurch fiel sein Auto erst recht auf.

Ich werde also immer noch observiert, dachte ich, es ist noch nicht vorbei.

Ich bemühte mich, den Lenker des Verfolgerwagens zu erkennen, doch die Entfernung war zu groß und die Scheibe spiegelte.

An einer tiefgelben Ampel zog ich forsch voran und hängte meinen Verfolger ab.

www.traumprinzen.de

Kosmo lebte in der City in einer geräumigen Wohnung. Sie lag in einem modernen Haus, in dem jeder seiner Wege ging und sich niemand darum kümmerte, was der Nachbar hinter den eigenen vier Wänden trieb.

»Nette Bleibe«, stellte ich mit Blick auf die gediegene Einrichtung fest. Alles war unauffällig und teuer, mit viel Geschmack ausgewählt. Ob ihm eine Dame mit Stil bei der Auswahl der Möbel geholfen hatte?

»Ich habe die Wohnung vor drei Jahren gekauft«, berichtete der Callboy. »Mit Eigenkapital und einem Kredit.«

»Kann ich gut verstehen. So eine Wohnung hat Vorteile. Und ist eine gute Altersversorgung. Ist sie denn schon abbezahlt?«

»Nein, noch nicht ganz«, antwortete Kosmo.

Er trug eine verwaschene Jeans, die bessere Tage gesehen hatte, das T-Shirt war zwei Nummern zu klein, wesentlich zu kurz und zerknittert. Kosmo war ein bisschen bleich um die Nase.

»Das hat ganz schön gedauert – das mit dem Kredit«, erzählte er. »Die Bankfuzzis haben mich natürlich gefragt, was ich arbeite – wegen der Sicherheiten.«

»Und? Was hast du gesagt?«

»Freischaffender Künstler. Körperanimateur.«

»So, so«, lächelte ich. »Da hast du noch nicht mal geschwindelt.«

»Eines Tages hat mich eine Sachbearbeiterin von der Bank besucht«, fuhr Kosmo fort. »Sie sollte meine Angaben überprüfen.«

»Du hast sie vermutlich davon überzeugt, dass das Geld der Bank bei dir gut angelegt ist, oder?«

»Hab ich. Seitdem kommt sie einmal im Monat vorbei. Möchtest du die anderen Zimmer auch sehen?«

Ich nickte.

»Das ist mein Behandlungsraum.«

Der Callboy öffnete die Tür zu einem Raum, der in bürgerlichen Kreisen Schlafzimmer genannt wird.

Er war groß, ein breites Bett dominierte. Das Möbel war aus schwarzem Holz in japanischem Stil geschreinert. Der schwere Überwurf über der Matratze war mit dunkelgrauer Seide bezogen. Die Wände waren blütenweiß getüncht, niedrige quadratische Tische und Bänke reihten sich an der Wand entlang, auf ihnen standen eckige Gefäße und Schalen aus schwarzem Lack, in denen sich Südseemuscheln tummelten.

»Du hast wirklich Geschmack«, sagte ich anerkennend. »Die Einrichtung gefällt mir. Sie hat Stil. Und das Licht ist sehr raffiniert. So sanft.«

»Beim Sex sollte nicht jede Körperfalte voll ausgeleuchtet sein«, verkündete Kosmo seine Firmenphilosophie. »Die Kundinnen sollen sich in meinem Schlafzimmer wohl fühlen und sich nicht wie auf dem Präsentierteller vorkommen.«

»Ich kann mir gar nicht ausmalen, wie du ...«, mir fehlten die Worte, »... vorgehst. Ich könnte mir vorstellen, dass Frauen anders drauf sind, wenn sie zu einem Callboy gehen, als wenn ein Mann zu einer Hure geht. Rein, raus, abschlenkern und eine rauchen – so läuft das doch meistens ab. Was machst du, wenn eine Frau das erste Mal zu dir kommt?«

»Ich versuche eine entspannte Atmosphäre herzustellen. Schönes Licht, sanfte Musik, vielleicht ein duftendes Bad oder eine Massage mit ätherischen Ölen. Und dann erst mal jede Menge Streicheleinheiten – es gibt viele Frauen, die damit schon zufrieden sind.«

»Tatsächlich?«, wunderte ich mich.

Kosmo grinste. »Einen Koitus kann eine Frau in jeder Aufreißerbude abschleppen. Die Atmosphäre ist wichtig, nicht der Sexualakt. Das Ambiente, die ersten Worte, die ersten Blicke und die ersten Berührungen. Ich bin keiner, der eine Frau durchpflügt und anschließend die Rolle seitwärts macht.«

»Schön gesagt«, stellte ich fest. »Und was ist, wenn dir eine Frau mal nicht gefällt?«

»Ist mir noch nicht passiert. Jede Frau ist für mich schön. Und dadurch, dass ich es ihr sage, wird sie es auch. Natürlich werden die Eckdaten vorher am Telefon abgeklärt.«

»Eckdaten?«

»Aussehen und Alter. Besondere Wünsche der Kundinnen.«

»Und? Was für sexuelle Wünsche hat die bundesdeutsche Frau?«

Kosmo lachte. »Das ist nicht so wild, wie du vielleicht annimmst. Manche sind wirklich schon froh, wenn ein Mann einfach mal nett zu ihnen ist.«

»Das wirft ja ein tolles Licht auf Zweierbeziehungen«, sagte ich. »Wie gut, dass ich allein lebe. Und jetzt an die Arbeit. Kann ich eure Website mal sehen?«

Der Computer stand im Wohnzimmer. Kosmo startete den PC.

»Unsere Seite heißt *www.traumprinzen.de*«, erklärte er. »Logg dich schon mal ein. Ich hole den Kaffee.«

Ich setzte mich vor den Monitor. Nach ein paar Sekunden war ich auf der Homepage der drei ›Traumprinzen‹ Kosmo, Buffalo und Turbo.

Ich sah mir Kosmos Seite an. Das Foto war in Farbe und zeigte ihn von seiner Schokoladenseite. Der Oberkörper war nackt, die schwarze Hose von zurückhaltender Eleganz, der geöffnete Knopf am Hosenbund versprach sinnliche Freuden. Kosmo hatte ein Bild gewählt, auf dem jede Form von Anrüchigkeit fehlte.

Darunter las ich:

›Traumprinz‹ Kosmo – Nur für Frauen: Ich bin in verschiedenen Ausführungen zu bestellen: elegant, modisch, sportlich, seriös und markant. Ich bin zärtlich bis dominant, sehr ausdauernd und leistungsfähig. Ausgefallene Wünsche sind Verhandlungssache – nur SM lehne ich ab. Du kannst mich auch als Begleiter für Veranstaltungen jeder Art buchen – Garderobe vorhanden. Ich habe eine gute Allgemeinbildung und trete in jeder Umgebung souverän auf. Eigene, geschmackvoll eingerichtete Penthousewohnung vorhanden. Diskretion selbstverständlich.

»Der Kaffee«, hörte ich Kosmo sagen. Er war hinter mich getreten und schaute mir über die Schulter.

»Wo stehen denn die Preise?«, fragte ich und nahm die Tasse entgegen.

»Da unten.« Er deutete auf ein Symbol unter der Beschreibung. Ich klickte es an.

Die erste Stunde kostet 150 Mark, las ich, *jede weitere 100, ein Striptease 200. Pauschalen für ganze Nächte oder Wochenenden sind Verhandlungssache.*

»Ziemlich kostspielig«, fand ich.

»Für die Stammkundinnen mache ich natürlich Sonderpreise«, erklärte Kosmo.

»Trotzdem. Männer kriegen es billiger.«

»Heutzutage auch nicht mehr – es sei denn, sie bedienen sich auf dem Straßenstrich.«

Ich kehrte zur Startseite zurück und holte mir das Angebot des toten Buffalo auf die Mattscheibe.

»So also sah er aus!«

Buffalo konnte von seinem Aussehen her nicht mit Kosmo konkurrieren. Er hatte mehr auf den Rippen, eine Stupsnase und einen sinnlichen Mund mit leicht aufgeworfenen Lippen. Sein Haar war blond und gelockt, sein Körper eher gedrungen. Das Netteste an ihm war sein offener Jungen-Blick. Typ Teddybär. Was zum Knuddeln.

»Mein Fall wäre er nicht gewesen«, murmelte ich.

»Du seiner auch nicht«, konterte Kosmo.

Ich studierte die Beschreibung:

Ich bin zärtlich, variationsreich, einfühlsam – ich nehme dir jede Scheu vor dem ›ersten Mal‹, du kannst dich bei mir fallen lassen. Ich bin ein guter Zuhörer und ein ausdauernder Liebhaber. Auch wenn du ›es‹ jahrelang nicht getan hast – ich werde dich behutsam in das Reich der Liebe zurückbegleiten. Gegenseitiges Vertrauen muss sein, Diskretion ist selbstverständlich.

»Diskretion bis in den Tod«, meinte ich. »Da steckt bestimmt ein Ehemann dahinter, der es nicht tolerieren konnte, dass seine Gattin behutsam ins Reich der Liebe zurückgekehrt ist – und zwar ohne ihn.«

»Das werden wir rauskriegen«, sagte Kosmo entschlossen. »Und jetzt guck dir noch Turbo an.«

Turbo war sehr groß – er gab 1,98 m an –, hatte einen kahl geschorenen Schädel, ein markantes Kinn und große blaue Augen. Er posierte in schwarzer Lederkleidung, das Nappa-Wams war bis zum Nabel geöffnet, ein schwarzer Flokati brach aus der Kluft.

»Endlich mal was Kerniges«, bewertete ich. »Und was hat das Prachtstück so drauf?«

Ich klickte auf den Text.

Für die anspruchsvolle Lady, die endlich ihre geheimen Wünsche ausleben will. Bin für fast alles zu haben – von zart bis hart. Ich liebe es an ungewöhnlichen Orten und ziehe exklusive Stellungen vor – gern auch mit mehreren Personen. Ich bin tabulos, experimentierfreudig und durchsetzungsfähig. Wenn du mich buchst, bekommst du das, was du willst und verdienst.

»Ein Traumprinz mit Biss«, sagte ich ironisch. »Nach einer filigranen Technik klingt das nicht gerade.«

»Wir drei haben uns prima ergänzt«, erklärte Kosmo. »Und kamen uns nicht ins Gehege. Wir waren ein ideales Trio.«

»Wir müssen Buffalos Kundinnen checken«, schlug ich vor. »Er hat doch bestimmt einen Terminkalender geführt. Wir müssen rauskriegen, wer die letzte war, die ihn besucht hat. Vielleicht kommen wir so weiter. Hatte er eine Kundinnen-Kartei?«

»Ja. In dem PC in seiner Wohnung.«

»Mist!«, entfuhr es mir. »Den haben bestimmt die Bullen. Dann haben die den Mörder bald einkassiert. Warten wir also ab, bis die Polizei ihre Hausaufgaben gemacht hat.«

»Die Kripo wird nichts finden«, behauptete Kosmo.

»Verstehe ich nicht.«

»Ich hab die Kundenkartei und den Terminkalender mitgehen lassen.«

»Du hast was?«

»Hier.« Er hatte plötzlich eine Diskette in der Hand.

»Du hast sie auf Diskette gezogen?«

»Nein. Buffalo hatte seine Daten auf dieser Disk. Und nur hier.«

»Also hat die Kripo keine Chance, sie auf der Festplatte zu rekonstruieren?«

»Ich glaube nicht.«

»Dann schmeiß das Ding mal rein.«

Die Angaben auf der Diskette waren sehr umfangreich. Der Tote hatte penibel Buch über seine Dienstleistungen geführt, hatte die ›Arbeitszeit‹ genauso vermerkt wie die sexuellen Vorlieben seiner Klientinnen. Auch Angaben zu äußeren Merkmalen und Gesprächsthemen fehlten nicht – im Gegensatz zu den Namen. Diesbezüglich war Buffalo ziemlich sparsam mit Hinweisen gewesen. Er hatte seinen Kundinnen Spitznamen verpasst.

»Was, zum Teufel, sollen wir mit einer Bezeichnung wie ›Köchin‹ anfangen?«, fragte ich Kosmo. »Oder ›Fallschirmspringerin‹? Hast du eine Ahnung?«

»Leider nicht.«

»Ich dachte, ihr habt euch gegenseitig vertreten? Da musst du einige Frauen doch kennen.«

»Sicher. Aber ich weiß keine Nachnamen.«

»So kommen wir nicht weiter«, stellte ich fest. »Wir sollten die Diskette der Polizei übergeben. Die hat andere Möglichkeiten als wir beide.«

»Die Kripo wird die Ermittlungen nicht ernsthaft führen«, meinte Kosmo.

»Wie kommst du darauf?«

»Buffalos Kundinnen sind meist verheiratet – mit Männern, die was zu sagen haben in Wirtschaft und Politik. Deshalb wird die Polizei den Mord nicht aufklären wollen.«

»Kosmo! Du übertreibst. Die Bierstädter Kripo hat bisher immer korrekt gearbeitet.«

Ich ließ die Daten der Damen links liegen und sah mir Buffalos Terminkalender an.

»Guck mal. Das ist der Tag, an dem er ermordet wurde.«

Buffalo hatte drei Termine eingetragen. Ich las:

11 Uhr – Zahnarzt
15.30 Uhr – Waschsalon
20 Uhr – Miel
23 Uhr – Kosmo

»Er hatte Damenbesuch, bevor er sich mit dir treffen wollte«, stellte ich messerscharf fest. »Kennst du die Frau?«

»Miel? Nie gehört!« Kosmo sprach das Wort aus wie den Namen einer Elektrogerätefirma – nur ohne den Buchstaben E am Schluss.

»Es könnte auch *Mi-el* heißen«, sagte ich. »Das ist französisch und heißt übersetzt Honig. Klingelt jetzt irgendwas bei dir?«

»Honig? Dazu fällt mir nichts ein.«

»Diese Miel könnte die Letzte gewesen sein, die ihn lebend gesehen hat. Sie könnte auch die Mörderin sein.«

»Vielleicht ist sie überhaupt nicht aufgetaucht. Als ich in

die Wohnung kam, deutete nichts darauf hin, dass Buffalo Besuch gehabt hatte. Die Handtücher im Bad waren unberührt, in der Küche gab es noch nicht einmal gebrauchte Gläser.«

»Vielleicht hat er aufgeräumt, weil er dich erwartete.«

»Das hat er nie. Warum sollte er das ausgerechnet an diesem Abend getan haben?«

»Dann hat der Mörder geklingelt. Vielleicht fünf Minuten, bevor sich Miel angekündigt hatte. Buffalo öffnet arglos, weil er Miel vermutet, und – schwups – ist der Mörder in der Wohnung.«

»So könnte es gewesen sein«, stimmte mir Kosmo zu.

»Und als die Kundin kommt, ist Buffalo bereits tot. Sie will in die Wohnung, doch niemand öffnet. Sie geht wieder und erfährt aus der Zeitung, dass ihr Lover ermordet worden ist – an dem Tag, als sie mit ihm verabredet war. Sie geht natürlich nicht zur Polizei. Selbst dann nicht, wenn sie etwas beobachtet haben sollte. Sie ist verheiratet, ihr Mann weiß von nichts und sie will nicht ins Gerede kommen. Ein Skandal kann ihre gesellschaftliche Stellung kaputtmachen. Während sich Männer, die zu Huren gehen, der Solidarität ihrer Geschlechtsgenossen sicher sein können, werden Frauen, die käufliche Liebe genießen, geächtet und diskriminiert.« Ich hatte mich in Rage geredet. »Wir leben noch immer in einer finsteren Männergesellschaft. Findest du nicht?«

»Ich versteh nicht ganz, was du meinst, Grappa«, gab Kosmo zu. »Ich weiß nur, dass wir die Frau finden müssen – auch wenn sie mit dem Mord nichts zu tun hat. Sie könnte etwas Wichtiges gesehen haben! Zum Beispiel, wie der Mörder aus dem Haus kam.«

Afrikanische Savanne

Zu Hause schminkte ich mich ab, wusch mich und löschte das Licht. Bevor ich ins Bett sank, blickte ich aus dem Fenster. Der Verfolger in dem grünen Wagen war wieder da.

Wahrscheinlich Arco Blum, der weiter an seinem Auftrag festhielt, mich zu beschatten. Er parkte direkt vor meinem Fenster. Na dann, gute Nacht, dachte ich grimmig. Ich überprüfte die Schlösser und verriegelte die Wohnungstür von innen. Auch die Balkontür war abgesperrt.

Ich war gerade eingeschlafen, als mein Handy Laut gab.

»Ja?«, krächzte ich müde.

»Du musst sofort kommen, Grappa«, knallte mir Big Mäcs Stimme entgegen. Er schien ziemlich aufgeregt zu sein.

»Was ist los?« Ich war bei weitem noch nicht wach.

»Komm sofort zum Zoo. Ich liege hier seit Stunden auf der Lauer. Die Täter sind gerade gekommen ...«

»Welche Täter?«, grummelte ich.

»Na die Typen, die die Tiere rauslassen! Geile Sache, das!«

Langsam dämmerte es mir.

»Was ist?«, insistierte der Knipser. »Kommst du? Das wird 'ne tolle Story, das! Ich habe mich direkt neben dem Haupteingang postiert. Du kannst mich leicht finden.«

»Mannomann, ich will schlafen«, gähnte ich. »Schieß deine Bilder und ruf die Bullen an. Was hab ich mit der Sache zu tun?«

»Verdammt noch mal!«, schimpfte der Fotograf. »Da kommen sie schon ... Nein, nein ...!«

Die letzten Worte waren gebrüllt. Ich lauschte. Aus dem Hörer kamen fürchterliche Geräusche. Ein tiefes gefährliches Grollen und angsterfüllte spitze Schreie, die ich eindeutig Big Mäc zuordnen konnte.

»Halte durch, ich komme!«, rief ich. Vor meinem geistigen Auge kämpfte der kleine Fotograf gerade mit einem Orang-Utan.

Meine Brille lag griffbereit auf der Kommode, die Tasche mit dem Autoschlüssel hing an der Garderobe. Jetzt noch in die flachen Schuhe schlüpfen und los. Ich stürzte aus dem Haus.

Im Rückspiegel bemerkte ich, dass der grüne Wagen sich hinter mich setzte und mir in angemessener Entfernung folgte. Der Privatdetektiv nahm seine Aufgabe sehr ernst, schlug sich sogar die Nacht um die Ohren. Ich gab Gas. Kein Problem, die Straßen waren so gut wie leer.

Ich schaute auf die Uhr, es war kurz nach drei Uhr morgens – eine Zeit, in der 99 Prozent der Bierstädter tief in ihren Kissen lagen. Nur ich trieb mich nachts herum, um einen Fotografen zu retten, der mir noch nicht mal besonders sympathisch war.

Der Blick nach hinten sagte mir, dass mein Verfolger nicht aufgegeben hatte, er hing noch immer an mir dran.

Ich bog in die kleine Straße ein, die zum Haupteingang des Zoos führte, drosselte die Geschwindigkeit, peilte die Lage.

Auf den ersten Blick nichts Ungewöhnliches. Das Gitter war verschlossen, das kleine Kassenhäuschen am Eingang verlassen.

Ich stellte den Motor ab, ließ den Schlüssel aber stecken, um schnell flüchten zu können.

Ich atmete tief durch. Kühle Luft, doch nicht nur das. Es müffelte. Nicht stark, aber bemerkbar. Ein Geruch, wie er aus Tierställen strömt.

»Big Mäc!«, brüllte ich in die Dunkelheit. »Wo bist du?«

Nichts.

Er muss eigentlich in der Nähe des Eingangs sein, dachte ich. Unsicher ging ich nach rechts, immer außen am Zaun entlang. Die Lampen, die die Gegend erleuchten sollten, waren zu schlapp, um ihrer Aufgabe gerecht zu werden.

Der Geruch wurde immer penetranter.

»Big Mäc!«, schrie ich erneut. »Verdammt noch mal, wo steckst du?«

Plötzlich Schatten vor mir. Dann ein Wimmern: »Ich bin hier, Grappa!«

Die Schatten bewegten sich, kamen aber nicht auf mich zu. Ich schaute in die Richtung, aus der die schwache Stimme gekommen war. Big Mäc saß auf dem Boden, drückte sich an den Zoozaun, umgeben von den Schatten, die ihn einzukesseln schienen.

»Die lassen mich nicht weg«, jammerte er. »Beschissene Sache, das.«

»Was sind das für Viecher?«, fragte ich, ohne die dunkle Gruppe aus den Augen zu lassen. Ich checkte die Gegend, entdeckte eine Strauchgruppe, hinter die ich im Notfall springen konnte.

»Irgendwelche Rinder«, antwortete Big Mäc. »Mit großen Hörnern. Grappa, nun tu doch endlich was!«

»Und was?«

»Jag sie weg!«

»Und wie?«

»Weiß ich doch nicht«, schniefte er. »Du hast doch sonst immer die große Klappe. Lass dir was einfallen.«

Ich überlegte. Die Herde graste friedlich, doch einige der Tiere schienen uns nicht aus den Augen zu lassen.

Ich schritt mutig auf die Schatten zu. Es handelte sich um afrikanische Gnus, die bei Tierfilmern sehr beliebt sind, weil sie zu Trockenzeiten zu Tausenden durch die Savannen ziehen, ihre Kälber im Laufen gebären und sich ab und zu von Löwen erwischen und von Geiern verspeisen lassen. Friedliche Tiere also, denen eine enge Verwandtschaft zu unseren sanften Schwarzbunten nachgesagt wird.

Ich zog mein Jackett aus und schwenkte es wild Richtung Gnus. Die Tiere hörten auf zu grasen, hoben die Köpfe und starrten mich an.

»Bist du bekloppt, Grappa?«, schrie Big Mäc. »Du machst die Viecher vollkommen verrückt.«

Und dann passierte es schon: Ein Gnu lief mit gesenktem Kopf auf mich zu. Ich ließ vor Schreck die Jacke fallen und jumpte hinter den Busch. Das Tier galoppierte an den Grünpflanzen vorbei, drehte sich um und nahm erneut Kurs auf meine Gestalt.

Ich war wie zur Salzsäule erstarrt, sah mich schon von der Hörnern des Ungeheuers aufgespießt, als ich einen Schrei hörte und einen weiteren Schatten bemerkte – diesmal auf zwei Beinen.

Der Mann war nicht Big Mäc. Auch nicht Arco Blum. Er ging mit einem großen Stock auf das Gnu los und lenkte es so von mir ab. Als das Tier auf seiner Höhe war, versetzte er ihm einen leichten Schlag aufs Hinterteil. Das Gnu sprang erschreckt zur Seite und verschwand in der Dunkelheit.

»Haben Sie sich verletzt?«, fragte eine Stimme.

Ich sah mir meinen Retter an. Ein junger Mann in dunkler Kleidung. Er trug eine Baseball-Kappe, deren Schirm im Nacken hing, und Sportschuhe.

»Mir geht es gut«, sagte ich. »Meinem Kollegen allerdings weniger. Er sitzt dort hinten am Zaun und traut sich nicht aufzustehen.«

Der Junge schlenderte zum Zaun und hielt dabei die Gnus mit dem Stock auf Abstand. Er schien keine Angst vor ihnen zu haben.

Kurze Zeit später hatte er Big Mäc untergehakt und schleppte ihn zu mir.

»Meine Kamera ist hin«, schniefte der Fotograf. »So ein verdammter Ochse ist drauf rumgetrampelt. Dämliches Vieh, das!«

»Mach nicht so ein Gezeter. Sei froh, dass du noch lebst«, blaffte ich.

»Ich bin verletzt«, jammerte er. »Mein Knöchel ist verstaucht.«

»Können Sie mir helfen, ihn zu meinem Auto bringen?«, fragte ich den Retter.

Dieser nickte. Besonders gesprächig schien er nicht zu sein.

»Was machen Sie eigentlich hier?«, fragte ich, als wir meinen Wagen erreicht hatten.

»Ich habe einen Spaziergang gemacht«, behauptete er. »Plötzlich hörte ich Ihr Geschrei.«

»Sie gehen mitten in der Nacht spazieren?«

Er antwortete nicht. Ich sah, dass er einen Ledergürtel mit dicken Schlaufen trug, in denen Werkzeuge steckten. Nicht gerade das Equipment für einen harmlosen Nachtspaziergang.

Der Junge hatte meinen Blick bemerkt, schwieg jedoch.

»Wie können wir Ihnen für unsere Rettung vor den wilden Tieren danken?«

»Ich will keinen Dank«, sagte er bestimmt.
»Ich verstehe«, nickte ich. »Warum tun Sie das?«
»Was meinen Sie?«
»Tiere freilassen.«
»Wie kommen Sie darauf?«
Ich lächelte. »Dazu gehört keine allzu große Kombinationsgabe. Ich hab in der Zeitung gelesen, dass jemand die Käfige im Zoo öffnet.«
»Ist es nicht schön, wenn Tiere frei sind?«, fragte er und deutete auf die friedlich grasende Gnu-Gruppe.
»Na ja«, meinte ich unentschlossen. »Kommt auf das Tier an. Ich hätte wenig Lust, einem Krokodil oder einem Tiger zu begegnen.«
»Ihr Kollege hat die Gnus wild gemacht«, sagte er. »Er hat seinen Blitz eingesetzt. Das war ein Fehler. Man sollte Lebewesen nicht unnötig erschrecken.«
»Er ist nun mal Fotograf«, erklärte ich. »Und es ist ganz schön dunkel hier draußen. Was blieb ihm also übrig?«
»Ein Fotograf also.« Er wiegte den Kopf hin und her.
Ich fragte mich, ob er einen kleinen Dachschaden haben könnte, kam aber zu keinem Ergebnis.
»Und wer sind Sie?«
»Mein Name ist Maria Grappa.«
»Sie schreiben fürs *Bierstädter Tageblatt*«, stellte er fest.
»Sie kennen meine Artikel?«, fragte ich überrascht.
»Nein. Ich kenne aber jemanden, der ebenfalls bei der Zeitung arbeitet. Der hat Ihren Namen mal erwähnt. Das ist alles.«
»Und wer ist das?« Ich wurde neugierig.
»Spielt keine Rolle«, sagte der junge Mann. »Ich werde jetzt gehen. Kommen Sie beide allein klar?«
»Natürlich.« Ich musterte ihn noch mal. Braune, kurze Locken, ein jungenhaftes Gesicht mit zu langem Kinn. »Wie heißen Sie?«
Er schüttelte lächelnd den Kopf, hob die Hand zum Gruß und verschwand in der Dunkelheit.
Ich schaute ihm nach.

»Wo kam der denn plötzlich her?« Big Mäc hatte seine normale Stimme wiedergefunden.

»Interessanter Typ«, bewertete ich den Auftritt des Jungen. »Schleicht sich nachts zum Zoo, knipst den Zaun durch und treibt die Tiere nach draußen. Weil er gerne möchte, dass sie frei sind. Da sage noch jemand, die Jugend von heute hätte keine Ziele mehr.«

»Können wir jetzt endlich los?«, nörgelte Big Mäc. »Mir reicht's.«

»Das hättest du dir vorher überlegen sollen.«

»Immerhin haben wir jetzt eine Geschichte«, freute er sich. »Wir haben den Typen erwischt. In flagranti. Supersache, das.«

»Was für eine Geschichte?«, fragte ich.

Big Mäc sah mich verblüfft an.

»Ich weiß von keiner Story«, ergänzte ich. »Ich habe die ganze Nacht in meinem Bett gelegen und geschlafen.«

»Bist du bekloppt?«

»Du solltest dem Mann dankbar sein«, blaffte ich Big Mäc an. »Du machst die Tiere verrückt, sodass sie ausbrechen, hast die Hosen voll, jammerst hier rum und bist auch noch undankbar. Der Junge hat dich gerettet. Sei froh, dass du nicht zur Verantwortung gezogen wirst.«

»Du weißt genau, wie es abgelaufen ist, Grappa!«

»So wie ich sage. Hast du Beweise für das Gegenteil?« Ich hielt die zerstörte Kamera hoch. »Guck mal, welch friedliches Bild.«

Ich deutete auf die Gnus hinter uns. Sie hatten sich beruhigt und zupften Gras. Ab und zu hörten wir ein tiefes, zufriedenes Schnauben. Die Herde hatte sich über den Rasen und den angrenzenden Park verteilt, Zweier- und Dreiergruppen machten sich über Büsche her, eine Gnu-Kuh trottete mit ihrem Kälbchen im Licht der Parklaternen Richtung Bambuswald.

»So muss es im Paradies ausgesehen haben«, murmelte ich, entzückt von dem biblischen Bild.

»Grappa! Fahr mich endlich ins Krankenhaus«, holte mich

Big Mäc wieder ins Jetzt zurück. »Mein Bein tut verdammt weh.«

»Ist ja gut«, sagte ich genervt. »Dir geht jeder Sinn für romantische Situationen ab.«

Im Auto fingerte Big Mäc eine Zigarette aus der Jacke.

»Lass das!«, blaffte ich ihn an. »Sonst kannst du zu Fuß gehen.«

Als ich auf der Straße war, bemerkte ich, dass der Wagen, der mich verfolgt hatte, noch immer auf seinem Parkplatz stand. Vier Gnus hatten ihn eingekreist und verhinderten eine neue Verfolgung. Offenbar traute sich Arco Blum nicht, den Motor anzulassen.

»Noch so ein Angsthase«, sagte ich und deutete auf Blums Auto. Als ich auf gleicher Höhe war, hupte ich ein paar Mal. Die Gnus sprangen erschreckt auf, stießen gegen das Fahrzeug und brachten es zum Schaukeln.

»Für heute war's das!«, meinte ich zufrieden.

Ich setzte Big Mäc an der Ambulanz des Krankenhauses ab und empfahl ihm, ein Taxi nach Hause zu nehmen. Der Morgen graute schon mächtig, als ich wieder ins Bett fiel.

Müsli mit Messer

»Vielleicht hat Jesberg ja Recht«, sagte Peter Jansen.

»Womit?« Ich verstand nicht.

»Dass ich ausgebrannt bin, nichts mehr leisten kann, einfach zu alt für den Job bin.«

»Spinner!«

Ich war so empört, dass meine Stimme laut wurde. Die Bedienung hinter der Bistro-Theke schaute irritiert zu uns herüber.

Ich hatte mich krankgemeldet und war nicht zur Arbeit gegangen.

Jetzt saßen Peter und ich in einer Frühstücksbar, die weit vom Verlagshaus entfernt lag. Die Chance, dass mich jemand beim Blaumachen erwischte, war gering.

Der Laden war hypermodern eingerichtet, egal in welche Richtung ich mich auf den hohen Stühlen drehte, überall erblickte ich mein Spiegelbild – nichts für Frauen, die in der Nacht zuvor nur wenig Schlaf gehabt hatten. Ich beschloss, an mir vorbeizusehen und mich dem Frühstück und Peter Jansen zu widmen.

»Dieser Jesberg ist ein humorloser Korinthenkacker. Er ist ein Spießer und macht gern Leute nieder. Die Kollegen leiden unter ihm.«

Dass sich einige auch schon prächtig angepasst hatten, verschwieg ich lieber. Peter ging es schon schlecht genug.

Ich schüttete etwas Milch neben die Schale mit dem Müsli.

»In vier Wochen habe ich mein Arbeitsgerichtsverfahren«, berichtete Jansen. »Dann sehen wir weiter.«

»Das Gericht wird für dich entscheiden«, sagte ich im Brustton der Überzeugung.

»Ich richte mich trotzdem auf einen langen Kampf ein. Selbst wenn ich die erste Instanz gewinne, bedeutet das noch nicht viel. Der Verlag setzt darauf, mich weichzukochen, irgendwann werden sie mir eine Abfindung anbieten. Irgendeine Summe, bei der ich wirklich ins Grübeln komme. Und deshalb frage ich mich, ob es nicht doch besser ist, gleich aufzugeben. Und nach vorne zu schauen.«

»Und wo ist vorne?«, wollte ich wissen.

»Das weiß ich nicht, Grappa. Wenn ich verliere, werden mein Ego und mein Selbstwertgefühl langsam zugrunde gerichtet. Das ist vielleicht noch schlimmer, als jetzt neu anzufangen.«

»Du willst nicht kämpfen?«, brauste ich auf. »So viel Mutlosigkeit bin ich gar nicht von dir gewohnt.«

»Jesberg gehört zu den Leuten, die ihren Biss niemals lockern. Ich habe mich über ihn erkundigt.«

»Was hast du herausgefunden?«

»Er ist politisch konservativ. Die Zeitschrift, die er herausgegeben hat, heißt *Schutzzone.* Ein Blatt, das in rechtsintellektuellen Kreisen gelesen wird.«

»Hauptkommissar Brinkhoff hat angedeutet, dass Jesberg

in polizeiliche Ermittlungen verwickelt war. Hast du davon zufällig was gehört?«

»Nein. Vorbestraft ist er nicht. Seine Weste ist weiß. Seine gesellschaftliche Stellung ist stark – nicht nur in Bierstadt. Die *Schutzzone* wird in Hamburg herausgegeben, die Besitzer leben allerdings in den USA. Jesberg hat Verbindungen in die Staaten.«

»Ein Rechtsradikaler als Chef des *Bierstädter Tageblattes*!«

»Ob er rechtsradikal ist, steht nicht fest. Und wenn, dann verbirgt er es gut. In diesem Land herrscht Meinungsfreiheit – solange nicht gegen bestehende Gesetze verstoßen wird.«

»Es ist mir erst mal egal, was er denkt. Er ist ein Ekel und gehört weg. Und was mit dir passiert ist, ist eine schreiende Ungerechtigkeit, die korrigiert werden muss.«

»Willst du einen Killer anheuern?«

»Vielleicht«, meinte ich trotzig.

»Du spinnst.«

»Keinen Killer. Er muss selbst die Brocken hinwerfen.«

»Da kannst du lange warten.«

»Vielleicht auch nicht.«

»Pass bloß auf, dass du nicht die Nächste bist, die rausgeworfen wird!«

Ich betrachtete Peter Jansen. Er sah müde aus. Sein plötzlicher Sturz hatte ihn verunsichert. Immerhin hatte er durchschnittlich zehn Stunden seines Tages in der Redaktion verbracht, war voll in das gesellschaftliche und politische Leben integriert gewesen, hatte Verantwortung getragen und Erfolgserlebnisse gehabt.

Das war jetzt vorbei. Er hatte viele Freunde in Bierstadt – doch es würden mit der Zeit immer weniger werden. Menschen vergessen ihre Freunde, wenn sie ihnen nicht mehr nützlich sein können.

Wir zahlten und traten auf die Straße. Da war er wieder – der dunkelgrüne Wagen, der mich verfolgte. Er parkte in kurzer Entfernung zum Bistro.

Ich machte Jansen darauf aufmerksam. Dabei packte mich die Wut.

»Er hat immer noch nicht aufgegeben. Lass uns mal hingehen!«, schlug ich vor.

Wir schlenderten den Gehsteig entlang.

»Der Wagen ist leer«, stellte ich nach einem kurzen Blick ins Innere des Autos fest. »Schade – ich hätte mir den Typen gern vorgeknöpft.«

»Vielleicht treibt er sich hier irgendwo herum«, meinte Jansen. »Meinst du, es handelt sich um diesen Detektiv?«

»Bestimmt.«

Ich fixierte die Menschen in unserer Umgebung.

»Ich werde dafür sorgen, dass ich gleich einen Vorsprung habe«, meinte ich grimmig.

Ich griff in meine Tasche, zog meinen Terminplaner heraus, tat so, als wollte ich etwas darin nachschauen, ließ ihn absichtlich auf den Boden fallen – direkt neben den Hinterreifen des Verfolgerwagens. Die Klinge meines Schweizer Taschenmessers bohrte sich in den Reifen. Ich hörte, wie Luft entwich.

Jansen guckte mich fassungslos an. »Du hast …? Mensch, Grappa, das ist Sachbeschädigung!«

»Und wenn schon«, wiegelte ich ab. »Der wird mir so schnell nicht mehr folgen. Jetzt ist Schluss mit lustig.«

Das Wesen der Freundschaft

»Na, du Jammerlappen«, begrüßte ich Big Mäc am nächsten Tag, als ich von meiner ›Krankheit‹ genesen war. Der Fotograf hatte einen verbundenen Fuß, die Ärzte hatten eine Bänderdehnung diagnostiziert.

Big Mäc hatte noch nichts über seinen nächtlichen Ausflug zum Tierpark verlauten lassen – vermutlich, weil sein Part nicht besonders glorreich gewesen war, sich nicht zur Heldenverehrung eignete und er mit meiner Zeugenaussage nicht rechnen konnte.

»Wo soll ich jetzt eine neue Kamera herkriegen?«, fragte er.

»Frag doch deinen neuen Freund«, riet ich. »Jesberg hat bestimmt Mitleid mit dir.«

»Hab ich gestern schon«, gestand Big Mäc kleinlaut. »Keine Chance. Er sagt, dass der Verlag sparen muss und dass die Sache mein Risiko war. Jetzt sitz ich auf dem Trockenen. Keine Kamera, keine Aufträge, kein Geld. Dumme Sache, das!«

»Und? Hast du ihm erzählt, dass ein afrikanischer Bulle das Ding ruiniert hat?«

»Verarschen kann ich mich selbst, Grappa!«

»Aber nicht so schön«, entgegnete ich. »Soll ich dir mal einen Rat geben, wie du schnell wieder an eine Kamera kommst?«

»Ja, klar!« Hoffnung glimmte in seinem grauen Gesicht.

»Spar das Geld für die Brennstäbe«, sagte ich grob und nahm ihm die Zigarette aus dem Mund.

»Was soll das?«, schrie er empört und griff mit der Hand nach meiner, um die Zigarette zurückzuerobern. Dabei verdrehte er den Fuß und heulte gotterbärmlich auf.

»In meinem Zimmer wird nicht gequalmt«, erinnerte ich ihn und warf das Ding aus dem offenen Fenster.

»Du bist eine solche Zicke, Grappa!«

»Danke«, meinte ich grinsend. »Das passt ja prima. Du kennst dich ja jetzt mit Huftieren aus, oder?«

Geschlagen sank er auf den Stuhl, das verletzte Bein weit ausgestreckt.

»Guck nicht so finster«, ermunterte ich ihn. »Es wird sich schon eine Lösung finden lassen.«

»Und wie soll die aussehen?«, schniefte er.

»Wie wäre es, wenn ich dir einen Kredit gewähre?«

»Du willst mir Geld für einen Apparat geben?«

»Hab ich doch gerade gesagt.«

»Das würdest du tun?«, fragte er ungläubig.

»Klaro.« Ich machte ein freundliches Gesicht.

»Eine Profikamera ist aber ziemlich teuer«, wandte er ein.

»Kein Problem«, sagte ich beruhigend. »Ich hab ein bisschen was zurückgelegt. Für Notfälle.«

Er nannte mir den Preis einer Kamera. Ich zuckte nicht mit der Wimper.

»Mensch, Grappa«, meinte Big Mäc. In seinen Augen standen Tränen der Rührung. »Das hätte ich nicht von dir erwartet ...«, stammelte er. »So kann man sich in einem Menschen täuschen!«

»Meinen Freunden helfe ich immer, wenn sie in Not sind«, sagte ich mit warmer Stimme.

»Ich wusste gar nicht, dass ich dein Freund bin!«

»Das wusste ich bisher auch nicht«, nickte ich wahrheitsgemäß. »Der Gedanke ist mir eben erst gekommen. Freundschaft ist etwas sehr Schönes, nicht wahr, Kleiner?«

»Ja«, lächelte der Fotograf.

»Und weißt du, was Freundschaft in allererster Linie bedeutet?«

Er schaute mich mit Hundeaugen an.

»Dass man sich gegenseitig hilft. So siehst du das doch bestimmt auch?«

»Natürlich, Grappa«, stimmte er mir zu – plötzlich aufmerksam geworden.

»Das freut mich. Und jetzt sage ich dir, was du für das Geld tun musst. Hab keine Angst. Es ist ganz einfach.«

Tendenz und Telefonnummer

Big Mäc hatte mir mal von einem Bekannten erzählt, der Zugriff auf die Datenbank der Kriminalpolizei hatte. Er sollte für mich herauskriegen, in welche polizeilichen Ermittlungen Dirk Jesberg verwickelt gewesen war.

Mir war die Andeutung, die Kriminalhauptkommissar Anton Brinkhoff am Telefon gemacht hatte, nicht mehr aus dem Kopf gegangen. Ein Versuch, Brinkhoff anzuzapfen, wäre von vorneherein zum Scheitern verurteilt. Er gehörte zu den korrekten Bullen.

Ich versprach Big Mäc, ihm umgehend die Kohle für die Kamera zur Verfügung zu stellen, wenn er mir die gewünschte Information geliefert hatte. Meine Bitte hatte ihn geschockt und sein Bild von mir als uneigennützige Wohltäterin wieder in realistische Bahnen gerückt.

Als ›vertrauensbildende Maßnahme‹ verlangte ich von Big Mäc, die Handynummer von Dirk Jesberg auf die Toilette einer bekannten Bierstädter Schwulenbar zu schreiben – mit dem aussagekräftigen Zusatz: »Ich bin das größte Arschloch von Bierstadt.«

Das sollte die Rache dafür sein, dass Jesberg meinen Artikel über die Coming-out-Gruppe für Schwule und Lesben aus dem Programm geworfen hatte mit der Begründung, dass unsere Familienzeitung nicht über »kranke Triebtäter« berichten sollte.

Big Mäc war gerade abgezogen, um seine Mission zu erfüllen, als es an meiner Bürotür klopfte.

Es war Jesbergs Sekretärin. »Das soll ich Ihnen geben, Frau Grappa.«

Sie reichte mir einen Umschlag. Ich riss ihn auf und las den Brief.

Jesberg untersagte mir ausdrücklich, eine in Kürze geplante Diskussionsveranstaltung zu moderieren. Das Thema lautete: ›Genitalverstümmelung von Frauen in Westafrika‹. Als Begründung stand in Jesbergs Schreiben:

Ich kann Ihre Neigung zu sexuell abseitigen Themen nicht weiter tolerieren, weil sie der Tendenz einer sozial und christlich eingestellten Familienzeitung entgegenstehen.
Ich ermahne Sie ausdrücklich, sich künftig den Themen zu widmen, die ein breites Publikum interessieren.
Hiermit untersage ich Ihnen, im Namen des Bierstädter Tageblattes *Recherchen über käufliche Liebe in Bierstadt anzustellen. Auch eine Berichterstattung über sexuell desorientierte Randgruppen unserer Gesellschaft ist nicht mehr erwünscht.*
Im Falle der Zuwiderhandlung muss ich mit einer Kündigung nach Paragraph 118 Betriebsverfassungsgesetz reagieren.

So läuft das also, dachte ich. Der Paragraph 118 konnte für Journalisten in privatwirtschaftlichen Zeitungen tödlich sein. Der so genannte ›Tendenzschutzparagraph‹ erlaubte es einem Arbeitgeber, Redakteure ohne Angabe von weiteren Gründen fristlos zu kündigen, wenn sie sich nicht an den ›Geist‹ des Blattes hielten. Dieser wurde von den Eigentümern bestimmt und war meist so weit gefasst, dass er alles und nichts aussagte. Auch für kirchliche Einrichtungen galt diese Bestimmung – so konnte die Kindergärtnerin in einem katholischen Kindergarten sofort entlassen werden, wenn sie sich scheiden ließ.

Du wirst mich kennen lernen, dachte ich und ballte vor Wut eine Faust.

In der Kantine traf ich auf Frank Foster. Ich beschloss, ihm nichts von Jesbergs Kündigungsdrohung zu erzählen.

Ich holte mir einen Salat, setzte mich an einen Tisch am geöffneten Fenster. Das Wetter war ausgesprochen gut – ganz im Gegensatz zu meiner Laune.

»Weißt du schon das Neueste?«, fragte Frank, als er mit dem Tablett vor meinem Tisch auftauchte.

»Setz dich erst mal«, schlug ich vor.

»Willst du sie wissen?«

»Was?«, fragte ich abwesend.

»Die Neuigkeit.«

»Foster, nerv mich nicht! Sag, was du zu sagen hast.«

»Hast du eine Laune«, maulte er. »Ich wollte dir nur erzählen, woran der tote Callboy gestorben ist.«

»Ist der Obduktionsbericht schon da?«

»Hier ist die Kopie der Pressemitteilung der Staatsanwaltschaft.« Er legte das Blatt auf den Tisch.

Ich griff nach der Seite, überflog die Zeilen.

»Drogen. Fentanyl? Kenn ich nicht. Was ist das denn?«

»Eine Designerdroge. Eine Art Heroin, nur viel wirkungsvoller.«

»Dann war der Tote drogensüchtig?«, fragte ich erstaunt.

»Er ist auf jeden Fall durch eine Überdosis des Zeugs ums Leben gekommen. Und die hat er sich nicht selbst gespritzt.«

»Was hat die Polizei noch auf der Pfanne?«

»Nicht viel. Sie haben noch nicht mal eine Kundenkartei gefunden. Die tappen ziemlich im Dunkeln.«

»Ich werde mich umhören«, kündigte ich an. »Da muss doch noch mehr rauszukriegen sein.«

»Hat keinen Sinn«, kaute Frank. »Jesberg will die Story nicht haben. Ich soll eine Meldung schreiben, hat er gesagt. Fünf Zeilen – mehr nicht.«

»Und darauf hast du dich eingelassen?«

»Was soll ich tun? Er hat es so angeordnet.«

»Wie war das noch mit der Taktik des Guerillakrieges?«, fragte ich. »Schwanz einklemmen und Klappe halten, oder was?«

Abrupt stand ich auf, der Teller mit der Salatsoße kippte und die Flüssigkeit ergoss sich über die Tischplatte.

»Guten Appetit, du Weichei! Hast dich ja flugs angepasst. Gegen dich ist Judas ein prima Kumpel!«

Ich stürzte auf den Flur. Mir war zum Heulen zumute.

Die Toilette lag nur noch ein paar Schritte entfernt. Im Spiegel über dem Waschbecken sah ich mein Gesicht: die Augen angestrengt, die Wangen bleich, die Falten um die Mundwinkel tiefer als gewöhnlich.

»Mir reicht's«, sagte ich zu meinem Spiegelbild. Ich beschloss, Urlaub zu beantragen.

Ich benetzte mein Gesicht mit kaltem Wasser.

Wieder auf dem Flur kam ich an Jesbergs Büro vorbei. Die Tür stand auf, der Haifisch hatte wohl einen Termin. Das Telefon klingelte.

Ich warf einen Blick ins Nebenzimmer. Jesbergs Sekretärin war ebenfalls nicht da und der lange Flur menschenleer.

Ich ging ins Zimmer und nahm den Ruf an.

»Büro Jesberg«, hörte ich mich sagen. »Meier am Apparat. Was kann ich für Sie tun?«

»Sie können mich mit Ihrem Chef verbinden«, vernahm ich die polternde Stimme des Privatdetektivs Arco Blum.

»Darf ich fragen, um was es geht?«, setzte ich mit etwas erhöhter Stimmlage nach.

»Um das Dossier Grappa«, beantwortete der Detektiv meine Frage. »Ich habe jetzt alles zusammen. Sagen Sie Jesberg, dass es endlich losgehen kann.«

Tiere kommen immer gut

Ein erfolgreicher Krieg ist nur zu führen, wenn man die schwachen Stellen seiner Gegner kennt und wenig Skrupel hat, sie zu treffen. Ich war bereit zu verletzen, aber nicht verletzt zu werden.

Jesberg war ein schwerer Brocken. Ich hatte noch keine Idee, wie ich ihn wirkungsvoll austricksen konnte, denn der Bär kommt nicht aus dem Wald, nur weil er weiß, dass zur Jagd geblasen worden ist.

Jesberg stand in der Hierarchie, die meine berufliche Existenz mitbestimmte, über mir. Das hatte den Nachteil, dass ich dreimal so findig sein musste wie er, und den Vorteil, dass er sich vielleicht überschätzen und manche Dinge übersehen würde.

Ich rief Peter Jansen an und berichtete ihm die Neuigkeiten.

»Wir müssen rauskriegen, was in diesem Dossier steht«, sagte er. »Hast du irgendwas angestellt, Grappa?«

»Nicht dass ich wüsste«, entgegnete ich. »Mein Leben ist völlig langweilig.«

»Wenn er dir arbeitsrechtlich an den Kragen will, kann er ja nur Dinge anführen, die dein Arbeitsverhältnis betreffen.«

»Nicht nur – wenn er mir Verstöße gegen die Tendenz der Zeitung vorwirft!«

»Du hast Recht«, räumte Jansen ein. »Der Brief, in dem er deine ›sexuell abseitige‹ Themenwahl kritisiert, lässt darauf schließen. Könnte es etwas mit dem Callboy zu tun haben?«

Ich überlegte. »Genau das ist es! Jesberg wird behaupten, dass ich die bezahlten Dienste eines Callboys in Anspruch nehme, und sagen, das sei für die Zeitung nicht tragbar.«

»So könnte es laufen. Doch – warte mal! – als die Sexshow in deiner Wohnung lief, war Jesberg noch gar nicht am Ruder.«

»Na und?«, gab ich zurück. »Mein Ruf als unbequeme Mitarbeiterin eilt mir eben voraus. Er wusste, dass er kommt, und hat schon mal vorgebeugt.«

»So könnte es gewesen sein.«

»Okay, Peter«, meinte ich entschlossen. »Jetzt sitzen wir wirklich im selben Boot. Ich werde sofort Urlaub beantragen, um unseren Kampf zu planen. Können wir uns sehen?« Wir verabredeten uns für einen der nächsten Abende.

Am kommenden Tag verweigerte mir Jesberg den Urlaub und setzte mich auf eine neue Serie an, die im Bierstädter Zoo angesiedelt sein sollte.

»Ich erwarte eine menschlich anrührende, journalistisch sauberere und überaus spannende Serie über die Menschen und Tiere im Zoo«, teilte er mir in der Redaktionskonferenz mit. »Heute sollten Sie sich um den Tod der Orang-Utan-Frau Afra kümmern. Das Tier ist in der Nacht eines natürlichen Todes gestorben. Im Alter von zweiunddreißig Jahren. Jedes Bierstädter Kind kennt Afra. Auch ich habe mit meinem Sohn oft vor dem Käfig gestanden und zugeschaut, wie die Äffin mit Autoreifen spielte. Und jetzt das! Im Zoo wehen die Fahnen auf Halbmast. Kann ich mit Ihnen rechnen, Frau Grappa?«

Die Kollegen starrten mich erwartungsvoll an – sie hofften wohl auf einen saftigen Schlagabtausch.

Fickt euch ins Knie, dachte ich grimmig.

Ich wollte gerade einen Spruch loswerden, als Jesbergs Handy klingelte. Er nahm es in jede Konferenz mit und legte es vor sich auf den Tisch.

»Hier Jesberg!«, meldete er sich herrisch.

Ich beobachtete sein Gesicht und wusste nach drei Sekunden Bescheid. Big Mäc hatte den einen Teil seines Auftrages ausgeführt.

»Was fällt Ihnen ein?«, brüllte Jesberg ins Handy. »Machen Sie Ihre Schweinereien allein, Sie verdammter …«

Jetzt realisierte er, dass ihn etwa zwanzig Augenpaare interessiert beobachteten, und er senkte die Stimme: »Falsch verbunden.«

Niemand sagte etwas.

»Ein Verrückter«, erklärte Jesberg in die Stille. »Ich muss meine Handynummer ändern lassen.« Schweiß stand auf seiner kahlen Stirn. »Wo waren wir?«

»Im Zoo«, half ich ihm mit sanfter Stimme. »Die Serie über Menschen und Tiere.«

»Ja, genau«, atmete Jesberg durch. »Kann ich Sie dafür einplanen, Frau Grappa?«

Ich erwiderte mit süßer Stimme: »Tiere haben mich immer sehr interessiert ... sie sind nicht solche Riesen-Arschlöcher wie manche Menschen.«

Beim Wort ›Arschloch‹ schnellte Jesbergs Kopf hoch. Ich grinste ihm ins Gesicht.

Sein Blick erzählte mir, dass der anonyme Anrufer tatsächlich gefragt hatte, ob er mit dem größten Arschloch der Stadt verbunden sei.

Meine Freude über den Coup währte nicht lange. Jesberg war niemand, den solche ›Scherze‹ ernsthaft beeindrucken konnten. Es wurde Zeit, Fakten zu sammeln, Beweise zu sichten und Strategien zu entwickeln.

Erinnerung

Der Laden im Bierstädter Norden war fast zu übersehen. Er lag benachbart zu einer großflächigen, hell erleuchteten Halle, in deren Fenster sich ein unübersichtliches Sammelsurium von Waren befand: Unmengen kleiner Nachttischlampen mit Schirmen in den grellsten Farben, aufgestapelte Fußabtreter, billige Wecker, Plastikuhren aus Hongkong. Hier gab es die Restposten von Firmen zu kaufen, die in einen Konkurs geschliddert waren, und Billigprodukte, die containerweise ausgeladen wurden und für eine kleine Mark verkloppt werden sollten.

Links neben dem Laden, den ich observieren wollte, befand sich eine Art Restaurant, dessen Besitzer mit handgemalten Schildern auf ihre mesopotamischen Spezialitäten aufmerksam machten. Es gab jede Menge Fleisch, hauptsächlich aufgespießt, und Soßen in allen Farben und Schärfegraden.

Ich mochte diese Küche, wenn die Zutaten frisch waren. Besonders die Soßen. Sie fegten den Magen mit einem feurigen Besen durch und ich hatte immer lange was davon: ein heißes Gefühl in Speiseröhre und Bauch und einen drei Tage andauernden Knoblauchgeruch, der aus allen Poren der Haut strömte. Ein Essen in diesen Buden sorgte dafür, dass mich auch intime Freunde einige Zeit mieden und dass ich die Einsamkeit richtig genießen konnte. Aber ich war nicht in den Norden gefahren, um ausländische Spezialitäten zu testen.

In dieser Straße, genau vor diesem Haus, war es vor einem guten Jahr zu einem Anschlag auf einen Vertreter der Grünen gekommen, der in Leserbriefen gegen neonazistische Umtriebe in seinem Stadtviertel gewettert hatte.

Auch das *Bierstädter Tageblatt* hatte darüber berichtet. Ich hatte mir den entsprechenden Artikel herausgesucht. Der Politiker war brutal zusammengeschlagen worden und hatte mehrere Wochen im Koma gelegen. Er konnte sich an die Tat selbst nicht mehr erinnern, denn die Schläge hatten einen Schädelbruch verursacht.

Die Polizei ermittelte. Zeugen gab es genug, denn der Anschlag hatte um die Mittagszeit stattgefunden. Trotzdem war nie jemand zur Rechenschaft gezogen worden, denn im Laufe der Monate befiel die Zeugen eine plötzlich auftretende Vergesslichkeit. Fest stand nur, dass es sich um drei Schläger mit Glatzen und Springerstiefeln gehandelt hatte, die in dem Laden, vor dem ich jetzt stand, auf ihr Opfer gewartet hatten. Der Inhaber des Geschäftes hatte natürlich auch keine Ahnung, wer die drei Schläger gewesen waren.

Der Grüne hatte überlebt und die Polizei irgendwann die Ermittlungen wegen versuchten Mordes eingestellt.

Und jetzt kam mein neuer Chef Dirk Jesberg ins Spiel. Ihm gehörte nämlich das Haus, vor dem der Anschlag geschehen war. Er war vernommen worden, hatte aber angegeben, nichts zu wissen – auch nicht, dass er im Erdgeschoss seines Besitztums einen Laden beherbergte, dessen Angebot sich an Anhänger der braunen politischen Szene richtete.

Big Mäc hatte Jesbergs Aussage gelesen. Jesberg hatte damals angekündigt, den Mietvertrag kündigen zu wollen, es aber offenbar ›vergessen‹.

Meine Laune hatte sich gebessert, nachdem ich diese Information erhalten hatte. Es gab jetzt zumindest einen Anfang im Fall Jesberg.

Überfälle auf Ausländer waren im Bierstädter Norden leider nichts Ungewöhnliches. Sicher, nicht alle Prügeleien hatten ihren Ursprung in faschistischem Denken, aber die Stimmung in diesem Stadtteil, in dem manche Straßenzüge nur von Ausländern bewohnt waren, war alles andere als freundlich. Hier bekämpften Albaner die Serben, die Türken die Griechen und die Deutschen alle Ausländer.

Ich betrachtete – aus ziemlicher Entfernung – die Auslagen des Geschäftes.

Der Name des Ladens lautete *Blood and Honour* – Blut und Ehre. Hier war alles drapiert, was das braune Herz begehrte. Bücher, Aufkleber, Fahnen mit Sätzen wie *Wir sterben für Deutschland*. Daneben lag eine Kollektion von Kleidungsstücken, darunter ein schwarzer Kapuzenpullover mit der Aufschrift *Ku-Klux-Klan*, T-Shirts mit verschiedenen Sprüchen. Ich las: *Nieder mit den Antifa-Zecken*, *Deutschland den Deutschen* und *Ich bin Deutscher*. In einem Regal im Inneren des Ladens waren verschiedene Ausführungen von Springerstiefeln zu erkennen.

Auch Musik gab es zu kaufen. Ich trat näher. Die Bands, deren Namen auf den Compactdiscs vermerkt waren, hießen *Faustrecht*, *Oithanasie* und *Sturmwehr*.

Der Laden war geschlossen. Mir hätte allerdings auch der Mut gefehlt, ihn zu betreten. Dazu brauchte ich Verstärkung und ein anderes Outfit.

Auf dem Weg zurück zu meinem Cabrio betrachtete ich mein Spiegelbild in den Schaufensterscheiben, die an mir vorüberzogen. Wie kleideten sich Frauen in der rechten Szene?

Vor meinem geistigen Auge tauchten Bilder von honigblonden Mädels auf, das Haar zu braven Zöpfen geflochten, in Dirndln oder vergleichbaren Klamotten, die blauen Augen züchtig zu Boden gesenkt.

Ich hörte plötzlich die Piepsstimmchen der Schauspielerinnen, die in der Nazizeit so beliebt waren, schüttelte mich bei dem Gedanken an die Attitüde, die damit einherging: devot, dümmlich und harmlos, allenfalls ein bisschen verspielt – aber auf eine kindlich-neckische Art.

Doch da hatte es ja auch andere Frauen gegeben: die Wächterinnen in Konzentrationslagern, die in schmucken Uniformen steckten und sich am Leid von Juden und Andersdenkenden weideten und häufig grausamer waren als ihre männlichen Kollegen.

Und mir fiel meine Großmutter ein, die die Nazizeit nur überlebte, weil sie keinen festen Wohnsitz hatte. Sie fuhr auf einem Dampfer den Rhein auf und ab, hatte eine Arbeit als ›Kaltmamsell‹ angenommen und schmierte Schnittchen für die Rheinschiffer.

Ein Plan

»Macht ihr mit?« Die Frage war an Big Mäc und Frank Foster gerichtet. Big Mäc war inzwischen wieder im Besitz einer Fotokamera, die ich ihm finanziert hatte. Er würde sie die nächsten Wochen nutzen müssen, um Jesbergs Verwicklungen in die rechtsradikale Szene der Stadt zu dokumentieren.

Wir saßen zu dritt in meinem Büro, die Tür war geschlossen, damit kein Feind lauschen konnte. Ich hatte den Raum nach Wanzen abgesucht, aber nichts gefunden.

»Auf mich kannst du zählen«, meinte Frank entschlossen. »Wann geht's los?«

»Wir müssen erst mal überlegen, was wir erreichen wollen«, sagte ich.

»Genau!«, krähte Big Mäc. Ihm schien ein bisschen mulmig zumute zu sein.

»Jesberg ist ein Faschist«, ereiferte ich mich. »Er denkt nicht demokratisch, hasst Andersdenkende, bekämpft Menschen, die ihr Leben alternativ führen, vermietet seinen Besitz an Nazischweine, ist ein Feind der Pressefreiheit und hat Peter Jansen in die Arbeitslosigkeit geschickt. Was braucht ihr noch für Gründe?«

»Was soll dabei rauskommen?«, nahm Big Mäc meine Frage auf.

»Der Mann muss weg! Die Zeitung hat es nicht verdient, von einem Neonazi zugrunde gerichtet zu werden!«

»Finde ich auch«, stimmte mir Frank eifrig zu. »Wie gehen wir vor?«

»Wenn wir Jesberg nachweisen können, mit Neonazis gemeinsame Sache zu machen, ist er für den Verlag nicht mehr tragbar.«

»Mag sein. Aber du hast eine Tatsache vergessen«, gab Frank zu bedenken. »Jesberg ist der Schwiegersohn des neuen Herausgebers. Und im real existierenden Kapitalismus hat der das Sagen, der über die Produktionsmittel herrscht.«

»Wenn wir alle Beweise zusammenhaben, werde ich beim Herausgeber unserer Zeitung auf der Matte stehen. Wenn er nicht reagiert, werden wir die Sache öffentlich machen. Ein Tipp an die Grünen, die PDS oder ans *Bündnis gegen Rechts* – und die Chose geht ihren Gang.«

»So könnte es klappen«, stimmte Frank zu. »Also – los!«

»Und was ist mit dir?« Meine Frage war an Big Mäc gerichtet, der unserer Diskussion mit kläglicher Miene gelauscht hatte.

»Ich weiß nicht so recht«, kam es zögerlich.

»Was weißt du nicht?«

»Ob das alles einen Sinn macht. Ich habe persönlich nichts gegen Jesberg und Politik interessiert mich nicht«, bekannte der Fotograf.

»Du hast die Hosen voll«, stellte ich fest. »Oder ist es noch immer der unbefristete Arbeitsvertrag, mit dem er wedelt?«

Big Mäc antwortete: »Ich hab dir schon genug Gefallen getan. Ohne mich wüsstest du nichts von dem Laden im Norden.«

»Grappa«, mischte sich Frank ein, »es macht keinen Sinn, Big Mäc zu überreden oder zu zwingen. Ich kann verstehen, dass er nicht mitmachen will. Es ist nun nicht mal jedermanns Sache, ein Widerstandskämpfer zu sein ...«

»Okay«, sagte ich.

»Tut mir Leid, Grappa.« Der Fotograf guckte jämmerlich. »Aber ich kann nicht anders.«

»Wenn du uns schon nicht hilfst, dann halte wenigstens deine Klappe«, forderte ich. »Krieche Jesberg ruhig weiter in den Arsch – aber pass auf, dass dein Gesicht nicht irgendwann in der Mitte gescheitelt ist.«

Big Mäc warf mir einen wütenden Blick zu und verließ den Raum.

»Musste das sein, Grappa?«, fragte Foster.

»Musste es«, knurrte ich.

»Verletzte Menschen können zur Gefahr werden«, warnte er.

»Ich glaube nicht, dass er uns verrät«, entgegnete ich.

»Da bin ich mir nicht so sicher«, widersprach mein Kollege. »Wenn Jesberg ihn in die Mangel nimmt ...«

»Und wenn schon!«, meinte ich trotzig. »Das Sammeln von Informationen ist ja wohl kein Verbrechen. Ich bin schließlich Journalistin.«

»Könnte aber als Störung des Betriebsfriedens ausgelegt werden – wenn's gegen den Chef geht.«

»Wenn hier einer den Betriebsfrieden stört, dann ist es dieser Faschist. Oder hast du das Gefühl, dass unsere Kollegen stumm vor Glück werden, wenn er das Haus betritt?«

Ein Besuch im Zoo

Zunächst galt es, guten Willen zu zeigen, auch wenn mir das schwer gegen den Strich ging. Ich war es gewohnt, mir meine Geschichten selbst aussuchen zu können – wenigstens im Großen und Ganzen.

Natürlich machte ich auch Routinearbeiten, wenn sie sich nicht vermeiden ließen. Dazu gehörten Bilanzpressekonferenzen von Versicherungen genauso wie Kreisdelegiertenversammlungen der IG Metall oder Jubilarehrungen. Diamantene Hochzeiten und die in Journalistenkreisen legendäre Jahreshauptversammlung des Kaninchenzuchtvereins waren mir aber in den letzten Jahren erspart geblieben.

Auch von Tieren im Zoo hatte ich mich in den letzten Jahren fern gehalten, wenn sie nicht gerade in Form eines entflogenen Gänsegeiers auf meiner Balkonbrüstung saßen.

Ich schnappte mir den Fotovolontär und fuhr missmutig zum Zoo. Auf die Begleitung von Big Mäc wollte ich in den nächsten Wochen möglichst verzichten – sein Verhalten hatte mich zutiefst enttäuscht.

Das tote Affenweibchen lag aufgebahrt in einem Raum – so wurde uns berichtet –, ich schickte den Knipser allein rein, denn ich hatte keine Lust auf den Anblick.

»Wie alt war sie noch mal? Zweiunddreißig Jahre?«, fragte ich Afras persönlichen Coach.

Der Betreuer nickte. Er hatte rot geweinte Augen und brach bei meiner sachlichen Frage erneut in Tränen aus. Stockend gab er Antworten auf meine Fragen. Fotografieren lassen wollte er sich nicht in seinem Schmerz.

Ich dachte an den toten Buffalo und überlegte, wer an seinem Grab wohl geweint hatte – vermutlich nur Kosmo und Turbo. Seine Kundinnen waren bestimmt nicht erschienen, um Abschied zu nehmen.

»Weißt du, was die mir da drinnen gerade erzählt haben?«, fragte mich der Volontär mit hochrotem Kopf.

»Nein, aber ich bin ganz Ohr.«

»Ich bin auf eine heiße Story gestoßen«, brüstete sich der Azubi.

»Afra ist hinterhältig ermordet worden«, riet ich.

Er guckte mich verdattert an. »Wieso?«

»Sagtest du nicht was von einer heißen Story?«

»Genau. Der Affe ist nicht an Altersschwäche gestorben, wie die uns weismachen wollten, sondern an Darmverschluss.«

»Ach, du lieber Himmel!«, rief ich aus. »Ein Affe, der den Löffel abgibt, weil er nicht kacken kann! Wie sollen wir das nur Jesberg beibringen? Das ist dem bestimmt zu schlüpfrig. Behalte diese heiße Info besser für dich.«

»Wieso? Wir sind als Journalisten nur der Wahrheit verpflichtet.«

»Du musst auf dem Volontärskurs was missverstanden haben.«

»Dann willst du das nicht schreiben?«

»Hör zu, Kleiner«, sagte ich gönnerhaft. »Find ich prima, dass du so pfiffig bist, aber … in diesem Fall: Klappe zu, Affe tot.«

Der Volontär wollte etwas entgegnen, konnte aber nicht, weil der Zoodirektor zu uns trat.

»Wir sind alle tief erschüttert«, tat er kund. »Das Hinscheiden von Afra hat uns alle emotional berührt.«

»Mein Beileid. Was passiert eigentlich mit dem Kadaver?«

»Wir werden unserer Afra ein würdiges Begräbnis bereiten – in aller Stille sozusagen.«

»Wie hat der Witwer reagiert?«, führte ich meine investigativen Recherchen fort.

»Benni ist in tiefer Trauer. Wie wir alle.«

»Ich hätte gern ein Foto von Ihnen und Benni«, sagte ich. »Die Hinterbliebenen auf einem Bild. Das macht sich prima in unserem Blatt. Sie wissen ja, Emotionen und Tiere kommen immer gut.«

Wir schlenderten zu Bennis Käfig. Der Orang-Utan-Mann saß apathisch in der Ecke des Geheges auf einem Strohballen.

»Das ist Benni«, stellte der Direktor fest.

»Wie viele Jährchen hat er denn auf dem Buckel?«, fragte ich, den aufgeklappten Block in der Hand.

»Benni ist erst fünfzehn – für einen Sumatra-Orang-Utan ist er also im besten Mannesalter«, erklärte der Zoomann.

»Sie stand wohl auf jüngere Lover«, murmelte ich und meine Sympathie für Afra wuchs.

»Wir werden ihm eine neue Gefährtin zuführen«, meinte der Direktor eifrig.

»Können Sie Benni mal aus seiner Schmollecke rauslocken, damit der Kollege ihn besser aufs Bild kriegt?«

Der Zoodirektor strengte sich an, doch ohne Erfolg. Benni lümmelte sich auf seinem Thron aus Stroh und würdigte uns keines Blickes.

Der Azubi startete einen Veitstanz vor dem Gitter, rief dem Tier aufmunternde Worte zu, doch der Affe guckte ihn nur an. Ein bisschen von oben herab, wie ich fand.

Jetzt versuchte es der Zoodirektor. Er ließ sich eine Banane bringen und hielt sie durch die Gitterstäbe. Benni wandte sich ab und zeigte uns seine Hinterseite.

»So hat das keinen Sinn«, raunte ich dem Volontär nach einer Weile zu. Langsam nervte mich die Nummer. »Mach ein Foto vom Direktor und eins von dem Affen. Wir montieren sie dann zusammen – aber pass auf, dass du beide nicht durcheinander bringst.«

Der Volo grinste.

»Wann ist Afras Begräbnis?«, fragte ich.

»Das steht noch nicht fest«, antwortete der Zoomann. »Aber es wird ein ehrenvolles Begräbnis werden. Wie es unserer Afra gebührt. Würden Sie mich jetzt bitte entschuldigen?«

Wir entschuldigten ihn.

»Ich muss hier raus«, sagte ich. »Hast du alles im Kasten?«

Der Fotograf nickte.

»Afra wird in Stücke gehackt und den Raubtieren zum Fraß vorgeworfen«, hörte ich plötzlich eine Stimme in meinem Rücken sagen. »Das wird mit toten Tieren immer so gemacht, weil es die Futterkosten senkt.«

Ich schnellte herum und stand vor einem jungen Mann. Ich erkannte ihn sofort wieder. Er war mit einem grünen Kittel bekleidet und gehörte augenscheinlich zur Zoo-Crew.

»Sie arbeiten hier?«, fragte ich verdutzt.

»Ich mache hier eine Ausbildung«, erklärte er. »Ich will Tierpfleger werden. Und später vielleicht Tiermedizin studieren.«

»Schöner Beruf«, meinte ich. »So richtig was für Tierfreunde. Aber eigentlich gehören Tiere in Freiheit, finden Sie nicht?«

»So sehe ich das auch«, bestätigte der Zoo-Azubi.

»Sind Sie ganz sicher, dass geplant wird, den Affen zu zerstückeln?«

»Klar. Die Vorbereitungen sind schon getroffen. Wenn der Medienrummel vorbei ist, wird die Axt rausgeholt. Gleich kommt noch ein Team von SAT 1 – morgen ist die *Welt* dran. Danach geht's los.«

Ich blickte auf den Fotovolontär. »*Das* ist unsere Geschichte!«

»Darf ich Sie zitieren?«, fragte ich den angehenden Pfleger.

»Wenn Sie meinen Namen nicht nennen.«

»Geht klar«, versprach ich. »Trotzdem würde ich ihn gerne wissen.«

»Ich heiße Krause. Thimo Krause.«

Gefühle pur

Voller Engagement setzte ich mich vor den Computer, machte die üblichen Lockerungsübungen mit den Fingern und tippte:

DAS HAT UNSERE AFRA NICHT VERDIENT – TOTER AFFE WIRD IN STÜCKE ZERHACKT
Affenmännchen Benni sitzt apathisch in seinem Gehege. Er denkt an Afra, seine Lebensgefährtin, die im Alter von zweiunddreißig Jahren von ihm gegangen ist. Er weiß,

dass sie keinen leichten Tod hatte – zu spät entdeckten die Ärzte den blockierten Darmausgang. Nichts ging mehr – das war das Ende für das Sumatra-Orang-Utan-Weibchen.
Während Benni (siehe Foto) unglücklich die Orte beschnüffelt, die mit lieben Erinnerungen an gemeinsame Spiele behaftet sind, liegt der Leichnam in unmittelbarer Nähe – im Abstellraum.
Zoodirektor Dr. Mahlmann bekräftigte gegenüber unserer Zeitung, dass die sterbliche Hülle des in seiner Heimat streng geschützten Tieres feierlich der Erde übergeben werden soll. Recherchen des Bierstädter Tageblattes *brachten jedoch die erschütternde Wahrheit an den Tag: Afra wird in Stücke zerhackt und den Raubkatzen im Bierstädter Zoo als Fleischmahlzeit serviert.*
Der Grund: Senkung der Futterkosten.
Wir finden: Das hat unsere Afra nicht verdient!
Wir fordern: Ein würdiges Begräbnis für Afra!

Ich speicherte den Artikel. Er würde unverändert erscheinen, denn Jesberg, der meine Artikel sonst immer höchstpersönlich gegenlas, hatte einen Termin außer Haus.

Das bedeutete, dass seine Sekretärin ihr Telefon auf den Apparat einer Kollegin umgestellt hatte und nicht in ihrem Büro saß. Die beiden Damen hatten sich immer viel zu erzählen. Mit dem Pförtner hatten sie vereinbart, dass er sie warnte, wenn der Chef wieder das Haus betrat.

Die Tür zum Chefbüro stand gewöhnlich auf. Eine gute Gelegenheit, ein bisschen herumzuschnüffeln.

Zielstrebig ging ich durchs Vorzimmer in Jesbergs Büro. Vom Flur aus war ich jetzt nicht mehr zu sehen, falls mich doch jemand erwischen sollte, würde mir schon etwas einfallen, wie ich mich aus der Affäre ziehen konnte.

Jesbergs Schreibtisch war aufgeräumt. Auf den ersten Blick nichts, was ihn in irgendeiner Weise bloßstellen konnte.

Mein Blick fiel auf das Telefon. Ich drückte die Wahlwiederholung. Im Display erschien eine Handynummer. Ich notierte sie. Während der Ruf rausging, schaltete sich eine Mailbox ein: *Zurzeit ist niemand erreichbar, hinterlassen Sie bitte eine Nachricht.*

Kein Hinweis auf den Inhaber der Nummer. Ich würde sie später noch einmal anwählen.

Ich schnüffelte ein bisschen weiter, doch oben auf dem Schreibtisch lag nur Unverfängliches. Die Schubladen waren verschlossen, der PC ausgeschaltet. Es wäre interessant gewesen, in Jesbergs persönlichem Register herumzustöbern, aber auch verräterisch, den Computer hochzufahren.

Ich verließ das Zimmer. Magere Ausbeute, dachte ich, aber immerhin hatte ich eine Telefonnummer, die Jesberg von seinem Apparat aus selbst gewählt hatte – ohne die Verbindung durch seine Sekretärin herstellen zu lassen.

E-Mail für Kosmo

»Weißt du, was passiert ist?«, fragte Kosmo aufgeregt am Telefon.

Ich frühstückte gerade, meine Laune war okay, denn mein Artikel über den Affen stand unverändert im Blatt.

»Nein, aber ich bin ganz Ohr.«

»Ich habe eine E-Mail von Miel bekommen«, berichtete der Callboy.

»Dieselbe Miel, die Buffalos letzte Kundin war?«

»Es scheint so«, antwortete er. »Sie möchte Kontakt mit mir aufnehmen.«

»Was heißt das? Will sie dich engagieren?«

»Keine Ahnung. Sie hat sich nicht eindeutig geäußert. Soll ich ihr einen Termin vorschlagen?«

»Geht aus ihrer E-Mail-Adresse hervor, wer sie ist?«

»Nein. Sie schreibt unter *miel* und hält ein Postfach bei einem Provider«, erzählte Kosmo.

»Hat sie Buffalo erwähnt?«

»Nein. Nur dass sie mich dringend sehen muss.«

»Vielleicht sucht sie einen Ersatz?«

»Glaube ich nicht. Es geht bestimmt um etwas anderes.«

»Du solltest dich mit ihr treffen«, sagte ich. »Und sie überreden, zur Polizei zu gehen, wenn sie etwas weiß.«

»Und was, wenn sie die Mörderin ist?«, gab Kosmo zu bedenken.

»Das glaube ich nicht. Sonst hätte sie sich nicht gemeldet.«

»Hast du überhaupt noch Interesse an dem Fall?«, fragte Kosmo.

»Natürlich. Im Moment habe ich allerdings eine Menge Sorgen«, wich ich aus. »Mein neuer Chef will mich rausschmeißen – und dazu ist ihm jedes Mittel recht. Er hat den Privatdetektiv auf mich angesetzt.«

»Warum tut er das?«

»Ach, Kosmo«, seufzte ich. »Die Welt ist schlecht und im Berufsleben wird mit harten Bandagen gekämpft. Er will mir einen unseriösen Lebenswandel unterstellen, damit er mich entlassen kann.«

»Hast du denn einen unseriösen Lebenswandel?«

»Leider nicht. Ich habe ja kaum Zeit für so was. Jedenfalls hat er den Schnüffler auf uns gehetzt – und wir haben auch noch die Show vor meinem Fenster abgezogen. Zum Glück kann er mit den Infos nichts anfangen, weil er keine Beweise hat. Ihr habt Blum ja die Fotos abgenommen. Sonst wäre ich beruflich schon längst weg vom Fenster. Die Redakteurin einer Familienzeitung und ein stadtbekannter Callboy. Das hätte mich in große Schwierigkeiten gebracht.«

»Tut mir Leid.«

»Ist doch noch nichts passiert, Baby. Ich habe alles im Griff. Belaste dein hübsches Köpfchen nicht mit meinen Problemen.«

»Ich dachte, wir wären Freunde«, entgegnete Kosmo. Es klang verletzt.

»Das sind wir doch auch, Süßer. Du solltest auf jeden Fall mit Hauptkommissar Anton Brinkhoff reden, bevor du dich mit Miel triffst. Soll ich den Kontakt herstellen?«

»Ich will mit den Bullen nichts zu tun haben«, meinte er störrisch. »Das ziehe ich allein durch.«

Ich beendete meine Morgenmahlzeit und machte mich fertig.

Bevor ich das Haus verließ, wählte ich noch einmal die Handynummer von Jesbergs Display. Wieder nur die Mailbox.

Affe an der Hacke

»Gratuliere, Frau Grappa!« Ich traute meinen Ohren nicht. »Genau so habe ich mir die Geschichte vorgestellt. Es geht also!«

Jesbergs Stimme war honigsüß. Wir saßen im Konferenzraum, fast alle Kollegen waren versammelt, ihre Gesichter wiesen ähnliche Verblüffung auf wie meines.

»Der Artikel ist viel zu emotional«, meinte Frank Foster. »Die Sekretärin hat inzwischen einen Tennisarm – so viele Leute haben angerufen.«

»Aber es ist doch zu begrüßen, wenn unsere Leser mit heftigen Gefühlen auf unsere Berichterstattung reagieren«, sagte Jesberg.

»Vor dem Zoo haben sich die Leute zusammengerottet – mit Plakaten und Flugblättern. *Ein Begräbnis für Afra* und andere dämliche Sprüche stehen da drauf«, legte Frank nach.

»Ich finde Sie sehr unkollegial, Herr Foster«, sagte Dirk Jesberg. »Jetzt schreibt Frau Grappa endlich mal eine Story, die die Menschen wirklich bewegt, und Sie reagieren mit unqualifizierter Kritik. Ich nehme die Kollegin ausdrücklich in Schutz vor Ihren Angriffen.«

Dieses raffinierte Miststück, dachte ich zähneknirschend.

»Ich möchte, dass Sie dieses Thema weiter in Ihren Händen behalten.« Jesberg lächelte mich gönnerhaft an. »Ich habe bereits mit dem Zoodirektor gesprochen. Afra ist vor dem Affenhaus aufgebahrt worden. In einer Stunde können die Zoobesucher sie sehen. Der Tierpark verzichtet heute auf das Eintrittsgeld. Morgen wird der Orang-Utan dann im Garten des Zoos beerdigt. In aller Würde selbstverständlich.

Ich selbst habe mich bereit erklärt, ein paar kurze Abschiedsworte zu sprechen.«

Ich starrte Jesberg an. »Sie halten die Trauerrede für den Affen?«

»Natürlich. Immerhin hat das *Bierstädter Tageblatt* durch Ihren Artikel dafür gesorgt, dass der Affe nicht in Stücke gehackt wird. *Das hat unsere Afra nicht verdient* ... eine sehr gute Überschrift! Kompliment, Kollegin. Und weiter so!«

Der Rest der Konferenz rauschte an mir vorbei, ohne dass ich viel mitbekam. Das soll er mir büßen, dachte ich.

Ich wartete, bis die Kollegen gegangen waren, und trat zu Jesberg hin.

»Gratuliere! Ich bin noch nie so vorgeführt worden«, stellte ich fest. »Ich habe Sie unterschätzt, Herr Jesberg.«

»Schön, dass Sie's merken, Frau Grappa.«

»Lassen Sie uns also Tacheles reden. Warum lassen Sie mich durch einen Privatdetektiv überwachen?«

Jesberg zuckte nicht mit der Wimper. »Ich habe meine Gründe.«

»Sie geben die Überwachung also zu?«

»Natürlich. Das ist nicht illegal. Bevor ich zugestimmt habe, die Leitung der Redaktion zu übernehmen, wollte ich wissen, mit wem ich es zu tun habe.«

»Und? Welche Schlüsse ziehen Sie aus der Observation? Was steht drin im ›Dossier Grappa‹?«

»Chronische Ebbe auf dem Konto, politisch eher dem linken Spektrum zuzuordnen, in keiner festen Partnerschaft lebend, häufig wechselnde Sexualpartner bis hin zu Kontakten ins Rotlichtmilieu.«

Ich lachte auf. Wenn ich an mein Sexleben dachte, war zurzeit nichts als gähnende Langeweile angesagt und mein Konto schrieb ausnahmsweise mal schwarze Zahlen – weil ich aus Zeitmangel nicht zum Shoppen kam.

»Hört sich ja sehr verworfen an. Und? Was fangen Sie mit diesen Infos an?«

»Leider hat Herr Blum sich ja von Ihnen erwischen lassen und dummerweise existiert der Film mit der Sexszene am

Fenster nicht mehr, weil Sie ihn vernichtet haben. Die Rechtsabteilung hat festgestellt, dass die bisherigen Informationen nicht ausreichen, Ihnen zu kündigen. Ich muss mir also etwas anderes einfallen lassen, um Sie zu disziplinieren.«

»Dann ist diese dämliche Affenstory wohl nur der Anfang, was?«

»Sie können solche Themen nicht ablehnen. Das wäre Arbeitsverweigerung. Ich werde in Zukunft bestimmen, welche Geschichten Sie schreiben, Frau Grappa.«

»Mir ist keine Arbeit zu langweilig.«

»Das freut mich zu hören. Dann lassen Sie uns jetzt mit der Arbeit beginnen. Meine Sekretärin tippt gerade die Trauerrede für den toten Affen ab – arbeiten Sie sie bitte in Ihren Artikel ein.«

Tapas und Taten

Die Zeit bis zum Abend wollte kaum vergehen. Immer wieder dachte ich an meine Schlappe, und meine Stimmung drohte in eine ausgewachsene Depression umzuschlagen.

Lustlos schrieb ich die Story vom toten Affen weiter, nachdem ich – ausgerechnet auch noch zusammen mit Big Mäc – das Defilee beobachtet hatte. Hunderte von Bierstädtern zogen an der toten Afra vorbei, Tränen flossen, Taschentücher wurden zerknüllt und Blumen vor die Bahre gelegt.

Endlich Feierabend. Ich packte meine Sachen und startete Richtung City zu meiner Verabredung mit Peter Jansen, die heute Abend in einem spanischen Restaurant stattfinden sollte.

Das Etablissement war für seine unendlichen Variationen von Tapas, seinen Zigarettenqualm und seinen skurrilen Besitzer bekannt, der sonntags in voller Torero-Kluft zur heiligen Messe zu stolzieren pflegte.

Bevor ich die Schwingtür aufstieß, atmete ich noch einmal Frischluft.

Peter Jansen saß an einem runden Tisch im hinteren Teil des Raumes. Er war nicht allein.

Auch das noch, dachte ich, mit Ausweinen war dann wohl nichts. Ich reckte mich gerade, strich meine Haare aus der Stirn und ging weiter.

»Hallo, Grappa«, begrüßte Peter mich. »Schön, dich zu sehen.«

Er zog den Stuhl vom Tisch zurück, damit ich mich setzen konnte. Wortlos betrachtete ich den fremden Mann.

Er musterte mich ebenfalls.

»Was gucken Sie so?«, fragte ich. »Es gibt Kulturen, in denen gehören Frauen in Kneipen zum ganz normalen Alltagsbild.«

Jansen zog die Augenbrauen hoch. »Das ist Simon Bator«, erklärte er dann.

»Ich bin Grappa«, brummte ich. Ich hatte keine Lust auf gepflegten Smalltalk.

»Die Ehre ist ganz auf meiner Seite«, sagte der Fremde und reichte mir die Hand.

Seine Stimme war jünger als sein Gesicht. Er hielt meine Hand länger, als ich wollte, ich zog sie zurück.

»Ich hatte nur mit dir gerechnet«, sagte ich zu Jansen. »Was will er hier?«

Misstrauisch beäugte ich Bator, nun gründlicher. Der Fremde hatte dichtes, längeres Haar, das mal dunkel gewesen sein musste, jetzt war es eine Melange mit der Grundfarbe Grau. Die Haut hatte Furchen, besonders auf der Stirn zeigten sich tiefe Rillen. Die Brillengläser waren ziemlich dick, das Gestell stammte modisch gesehen aus den frühen Siebzigern, auch das Hemd hatte ein gewisses Alter erreicht und war am Kragen abgeschabt.

»Entspann dich, Grappa«, meinte Jansen. »Simon Bator ist Schriftsteller.«

»Na so was«, dehnte ich.

»Haben Sie was gegen Schriftsteller?«, fragte Bator.

»Nicht direkt. Wir leben in einem freien Land, in dem jeder Bücher schreiben darf.«

Ich griff nach einem Stück Brot, das in einem Korb auf dem Tisch stand.

»Sei nicht so zickig, Grappa«, bat Jansen. »Der Abend hat doch gerade erst begonnen. Du bekommst schon alle Informationen über Bator, die du brauchst.«

»Dann bin ich ja beruhigt!« Ich tunkte das Brot in die Aioli und startete den Essvorgang.

Der Torero trabte heran und erkundigte sich nach unseren Wünschen.

»Roten Rioja«, sagte ich lustlos. »Erst mal einen halben Liter. Und Tapas. Egal was, nur ohne Fisch.«

»Für mich auch noch Wein«, meldete sich Bator. »Und das Kaninchen in Senfsoße. Vorher einen Salat – gemischt.«

Jansen orderte ebenfalls Tapas und entschied sich danach für Fleischspieße vom Holzkohlengrill.

»Ich kann verstehen, dass Sie ungehalten sind«, sprach mich Bator an. »Aber ich habe Herrn Jansen gebeten, nicht zu erwähnen, dass ich mitkomme. Er hat mir erzählt, dass Sie von einem Privatdetektiv überwacht werden. Wer kann da sicher sein, dass in Ihrem Büro oder in Ihrem Telefon keine Wanzen versteckt sind? Ich will nicht, dass bekannt wird, dass ich mich in Bierstadt aufhalte.«

»Wie aufregend!« Langsam bekam ich tatsächlich Spaß an der Sache. »Dann sind Sie bestimmt in geheimer Mission unterwegs. Ein Undercover-Agent in der Tarnung eines Schriftstellers. Ich bin tief beeindruckt! Können Sie mir ein Autogramm geben?«

Bator nahm die Brille ab und wischte sich über die Augen. Er schien müde zu sein.

»Ich mag selbstbewusste und ironische Frauen«, sagte er leise. »Aber nur bis zu einem bestimmten Punkt. Danach wird es sehr anstrengend. Zu anstrengend.«

»Ich bin untröstlich«, höhnte ich. »Wie kann ich das nur wieder gutmachen?«

»Indem Sie endlich den Mund halten.«

Mir blieb das Brot im Hals stecken, ich hustete.

»Na, sehen Sie, es ist doch gar nicht so schwer!«

Seine Hände zierten lange, schöne Finger und polierte Fingernägel. Solche Hände hatte ich bislang nur bei Pianisten gesehen.

Peter Jansen begann zu lachen. »Du sorgst immer für eine Menge Spaß, Grappa«, prustete er. »Jetzt weiß ich, was mir zurzeit am meisten fehlt. Nicht die Arbeit, nein, sondern deine exaltierten Auftritte!«

Ich sagte nichts. Inzwischen war der Wein serviert worden und ich nahm einen Schluck. Der Rioja hatte eine warmrote Farbe und einen kräftigen Geschmack. Nicht raffiniert, aber sauber.

Wenigstens der Wein ist auf meiner Seite, dachte ich, die beiden Kerle sollen mir gestohlen bleiben. »Ihr beide könnt mich mal«, sagte ich laut. »Ich werde die Tapas verdrücken und dann tschüs.«

»Bleiben Sie bitte!«, sagte Bator. »Es tut mir Leid, wenn ich Sie verärgert habe, Frau Grappa. Das war nicht meine Absicht.«

Verblüfft schaute ich ihn an. Bator hatte plötzlich eine ganz andere Stimme als noch vor wenigen Augenblicken. Auch der Blick in seinen Augen war sanfter geworden.

Ich bemerkte, wie die Anspannung, die sich in den Stunden zuvor in mir gestaut hatte, nachließ. Der hat es faustdick hinter den Ohren, ging es mir durch den Kopf, dieser Bator ist ein Seelenfänger.

»Entschuldigung akzeptiert«, sagte ich lakonisch. Mein Hals war trocken und ich trank erneut von dem Wein.

Bator hatte eine lange Narbe im Gesicht, die im Funzellicht der Korblampen diabolisch wirkte. Sie reichte von der Nasenwurzel bis in den Mundwinkel.

»Na also«, meinte Jansen, »es geht doch. Noch eine weitere Flasche Wein und ihr seid die besten Freunde.«

»Können wir jetzt zur Sache kommen?«, brummte ich.

»Es geht um Jesberg«, klärte Jansen mich auf. »Herr Bator kann uns viel über ihn erzählen. Er beobachtet ihn seit Jahren.«

»Sie entschuldigen mich für einen Moment«, sagte Bator.

»Ich will mir die Hände waschen.« Er erhob sich und ich bemerkte, dass er größer war, als ich vermutet hatte. Er ging Richtung Toilette, dabei zog er das rechte Bein stark nach.

Fragend sah ich Jansen an. »Was will der Mann? Warum ist er hier?«

»Er schreibt Bücher über Neonazismus und rechte Gewalt«, berichtete Jansen. »Er behauptet, Jesberg sei der intellektuelle Kopf einer rechtsextremen und verfassungswidrigen Organisation namens *Aktion des nationalen Widerstandes*.«

»Interessant! Wie bist du an ihn gekommen?«

»Er rief mich an. Hatte wohl gehört, dass Jesberg Chef des *Bierstädter Tageblattes* geworden ist.«

Bator kehrte zurück.

»Herr Jansen hat mir erzählt, was Sie tun und warum Sie hier sind«, sagte ich. »Arbeiten Sie auch mit dem Staatsschutz zusammen?«

»Gelegentlich«, sagte Bator. »Aber nicht immer. Ich bekämpfe den intellektuellen Überbau der Rechten, die Staatsschützer kümmern sich zu sehr um die daraus resultierenden Straftaten.«

»Was haben Sie über Jesberg herausgefunden?«

»Er hat vor ein paar Jahren ein Nazi-Netzwerk mit dem Namen *Blood and Honour* mitgegründet, das kurze Zeit später verboten worden ist. Beweisen konnte ich ihm das leider nicht. Weiterhin betreibt er mehrere Geschäfte und einen Versandhandel für rechtsradikale Utensilien.«

»Der Laden im Norden? Er heißt *Blood and Honour*!«

»Der auch. Aber seine Aktivitäten gehen noch viel weiter.« Bator griff zum Glas. »Er ist Herausgeber eines neokonservativen Intelligenzblattes, das einen ideologischen Überbau für alle Rechten in diesem Land schaffen will. Es heißt *Schutzzone*. Das hat nichts mehr mit dem dumpfen Stammtischgegröle von Schlägern zu tun, Jesberg und seine Leute arbeiten international. Er hat enge Kontakte zu Faschisten in aller Welt, die in der *Aktion des nationalen Widerstandes* vereint werden sollen.«

»Und warum läuft Jesberg dann noch frei herum?«

»Wir leben in einem demokratischen Staat, in dem die freie – auch die politische – Meinungsäußerung ein hohes Gut ist. Das weiß Jesberg und er hält sich peinlich genau an die Gesetze.«

»Clever ist er«, räumte ich ein. »Wie hat er es nur geschafft, das *Bierstädter Tageblatt* zu übernehmen? Ist der neue Mitgesellschafter auch ein Rechtsradikaler?«

»Der Verleger hat bislang noch keinen Anlass gegeben, ihn faschistischer Umtriebe zu verdächtigen. Ich nehme einfach an, dass er nicht weiß, was sein Schwiegersohn treibt.«

»Wir sollten es ihm sagen«, schlug ich vor. »Wenn er reagiert, sind wir Jesberg los.«

»Das wäre nicht klug – zumindest noch nicht«, sagte Simon Bator mit Härte in der Stimme. »Jesberg darf nicht gewarnt werden. Alles muss so laufen, wie er es sich vorstellt. Wir haben noch nicht genügend Beweise zusammen. Und um die zu bekommen, brauchen wir Ihre Hilfe, Frau Grappa.«

»Ich stehe kurz vor der Kündigung«, rief ich aus. »Der Typ will mich abservieren. Das hat er mir höchstpersönlich mitgeteilt – gerade heute.«

»Ich weiß, dass die Lage für Sie nicht einfach ist. Aber so lange Sie noch in dem Verlag arbeiten, können wir über Sie an die Informationen kommen, die wir brauchen.«

»Sie sind vielleicht ein Schriftsteller!«, ereiferte ich mich. »Sammeln Sie Ihre Infos doch selber!«

»Das kann ich nicht«, erklärte Simon Bator. »Jesberg kennt mich. Er hat mich auf die schwarze Liste seiner Organisation setzen lassen. Mein Name wurde in der *Schutzzone* erwähnt. Und er hat ein Kopfgeld auf mich aussetzen lassen.«

»Herr Bator ist vor einem Jahr fast zu Tode geprügelt worden«, erklärte Peter Jansen. »Er leidet noch immer an den Verletzungen. Jesberg hatte ihn zum Abschuss freigegeben.«

Ich verstand. »Die Narbe? Und Ihr Bein?«

Bator nickte.

»Na gut. Ich bin dabei.« Meine Stimme war rau. »Ich will, dass der Kerl an die Wand genagelt wird. Die Frage ist allerdings, ob wir unsere Kräfte nicht überschätzen. Wir sind nur zu dritt und er hat eine komplette Schlägerorganisation hinter sich.«

»Sie brauchen keine Angst zu haben. Menschen, die verletzt worden sind, sind gefährlich und schlau. Sie wissen, wie sie überleben«, sagte der Schriftsteller. »Sie können sich also ganz auf mich verlassen, Frau Grappa. Ich bin ein solcher Mensch.«

»Und was soll ich tun?«

»Augen und Ohren offen halten. Und zur Verfügung stehen, wenn ich Sie brauche.«

»Das hört sich nach einem Fulltime-Job an«, maulte ich. »Ich bin Journalistin und kein Spitzel.«

»Das weiß ich. Demnächst wird es in der Innenstadt einen Neonaziaufmarsch geben. Es werden dreihundert bis fünfhundert Rechtsradikale aus der gesamten Bundesrepublik erwartet.«

»Bei uns in Bierstadt? So was gehört verboten!«, erregte ich mich wieder.

»Das ist nicht so einfach. Es gibt Beispiele aus anderen Städten. Selbst wenn die Polizei aus ordnungspolitischen Gründen diese Naziaufmärsche verbietet, die Gerichte heben solche Verbote per einstweiliger Anordnung wieder auf. Wir leben in einem demokratischen Staat, in dem die Demonstrationsfreiheit garantiert ist, wenn keine Gewalt ausgeübt wird. Und die Rechten verhalten sich vorbildlich – zumindest solange die Staatsmacht in ihrer Nähe ist und sie beobachtet. Die Straftaten finden im Verborgenen statt.«

»Sie haben Recht«, stimmte ich zu. »Die Zahl der Übergriffe auf Ausländer in Bierstadt ist gestiegen. Hakenkreuze am Gebetssaal der jüdischen Gemeinde, Brandanschläge auf Asylbewerberheime, Schlägereien im Bierstädter Norden zwischen Türken und Skinheads … Alles Vorfälle, die ich vor zehn Jahren noch nicht für möglich gehalten hätte.«

»Im Norden wurde jetzt ein neuer Mittelpunkt für Rechte eingerichtet«, erzählte Peter Jansen. »Ein befreundetes Ratsmitglied hat mich darüber informiert. Eine Kneipe mit großem Saal. Der Name des Schuppens lautet *Patrioten-Treff*. Und jetzt rat mal, wem das Haus gehört?«

»Jesberg. Das wundert mich nun nicht mehr. Doch das alles hilft uns nicht weiter. Was – verdammt noch mal – können wir tun?«

»Ich will wissen, was Jesberg treibt«, antwortete Bator. »Ich brauche einen Überblick über seine Termine. Will wissen, mit wem er sich trifft.«

»Das herauszufinden, dafür bin ich nicht gut geeignet«, sagte ich. »Ihr hättet seine Sekretärin zum Essen einladen oder einen Detektiv beauftragen sollen. Dann wärt ihr besser dran.«

»Du musst mitmachen, Grappa! Ich will nicht, dass die Zeitung, die wir beide mit aufgebaut haben, ein nationalistisches Kampfblatt wird.«

»Okay. Das überzeugt mich. Wie kann ich schnell Kontakt mit Ihnen aufnehmen?«

»Ich gebe Ihnen meine Handynummer.« Bator reichte mir einen Zettel. »Lernen Sie sie auswendig und vernichten Sie den Zettel.«

Ich blickte auf das Papier. »Ich kenne die Nummer bereits auswendig«, sagte ich.

Vier Augen sahen mich fragend an.

»Diese Nummer hat Jesberg kürzlich angerufen. Ich habe sie von seinem Display abgeschrieben. Ihr Aufenthalt in Bierstadt ist nicht so geheim, wie Sie es gerne hätten, Herr Bator.«

Nummern ohne Antwort

Ich sagte gegen Ende des Abends zu, Bator über alle ungewöhnlichen Vorfälle mit und um Jesberg zu informieren. Viel würde nicht passieren, da war ich mir sicher.

Der Schriftsteller hatte es gefasst aufgenommen, dass Jesberg über ihn im Bilde war. Es war natürlich nicht sicher, dass Jesberg tatsächlich wusste, dass Bator sich in Bierstadt aufhielt – doch ganz auszuschließen war es wohl auch nicht.

Am nächsten Tag bekam ich in der Redaktionskonferenz viel Lob für meine anrührende Geschichte über den Affentod. Der Hohn in Jesbergs Stimme war deutlich.

Frank Foster sah mich an, als erwartete er, mich ausflippen zu sehen, doch ich lächelte nur.

Es war Krieg – und da zählten Strategie und Taktik. Strategie bedeutete das Warum, Taktik das Wie.

Die erste Gelegenheit zur Spionage ergab sich, als der Redaktionsbote zu einem kleinen Plausch in mein Zimmer kam. Der Mann hieß Klump, wurde aber von allen Klümpchen genannt. Er kannte sich im Verlag und in der Redaktion gut aus – er arbeitete seit dreißig Jahren beim *Bierstädter Tageblatt* und stand kurz vor der Pensionierung.

»Morgen, Klümpchen, wie geht's, wie steht's?«, begann ich mit dem Ritual.

»Muss«, antwortete er – westfälisch kurz.

Ich verwickelte ihn in ein Gespräch über die Dinge, die er tun würde, wenn er das Arbeitsleben hinter sich gelassen hatte – Gartenpflege, lange schlafen, verreisen. Dann sprach ich den Fall Jansen an.

»Tut mir Leid für den Chef«, meinte Klümpchen. »Aber so ist das heute – kannste die Leistung nich mehr bringen, biste nich hart genuch, wirste geschasst.«

»Aber so eine Type wie Jesberg musste es ja nun auch nicht sein«, sagte ich – in den Postkorb schielend. Da lagen die Posteingänge, säuberlich gestapelt und mit einem Gummiband zusammengerafft. Oben auf den Stapeln jeweils ein Stück Papier von der Poststelle: *Lokalredaktion*, *Sport*, *Kultur* und *Red.-Leitung* war dort zu lesen.

»Ist unnahbar, der Mann«, plapperte Herr Klump. »Mir wird immer kalt, wenn ich da rein muss. Kalt wie 'ne Hundeschnauze – sacht ma so eben Tach und tschüs. Kein freundliches Wort kommt von dem.«

»Ich komme auch nicht gut mit ihm zurecht«, gestand ich. »Ist eigentlich Post für mich dabei?«

»Jede Menge, Frau Grappa. Ist in dem Stapel für die Lokalredaktion. Es geht um die Affenoma, die Afra. Schöne Sache, meine Enkel haben dem Tier immer Bananen gegeben. Sind jetzt ganz traurig, die kleinen Gangster.«

»Ich muss sowieso in die Redaktion«, sagte ich. »Ich nehme die Post mit. Den Stapel für Herrn Jesberg können Sie mir auch geben. Er will mich vor der Konferenz noch sehen. Auch er war ganz begeistert von der Affenstory.«

Herr Klump reichte mir die beiden Päckchen und wünschte mir einen »schönen Tach auch«.

Ich wartete, bis er verschwunden war, und sah Jesbergs Post durch. Auf den ersten Blick war nichts Besonderes darunter – die üblichen Briefe von Institutionen wie Handwerkskammer und Parteien, einige Leserbriefe und Pressemitteilungen von Krankenkassen und den Städtischen Bühnen. Mitten im Stapel fand ich ein Schreiben, das zu behalten sich lohnen konnte: die Rechnung über Jesbergs Mobilfunkgespräche.

Ich fischte den schmalen Umschlag heraus, versteckte ihn in meiner Schreibtischschublade, ordnete die übrige Post und verpasste ihr wieder das Gummiband.

Auf dem Weg ins Großraumbüro kam ich an Jesbergs Büro vorbei.

Ich hatte Glück, die Sekretärin war nicht da. Ich warf die Briefe in den Posteingangskorb und verschwand. Jeder würde glauben, dass Herr Klump seine Tour ordnungsgemäß absolviert hatte.

Ich sah meine eigene Post durch. Die Lobeshymnen auf den Affenartikel überflog ich nur, wirklich Interessantes war nicht dabei.

Zurück in meinem Zimmer, drehte ich für alle Fälle den Schlüssel von innen um. Dann riss ich den Brief des Mobilfunkbetreibers auf.

Jesberg hatte für rund 100 Mark auf Verlagskosten telefoniert. Die angerufenen Nummern waren mit Datum und

Dauer auf der Rechnung angegeben. Das ist ja nicht schlecht für den Anfang, dachte ich.

Ich begann, die Nummern durchzuprobieren. Ich wusste, dass die Redaktionstelefonnummern auf den Displays der Angerufenen nicht angezeigt wurden – ich konnte also eine Nummer wählen, ohne dass die Gefahr bestand, selbst identifiziert zu werden.

Einige Male hatte Jesberg zu Hause angerufen. Einige Male war das *Bierstädter Tageblatt* vertreten, mehrere Anrufe gingen zu einem Festnetzanschluss nach Hamburg, bei dem sich niemand meldete, und ein Mal hatte Jesberg eine Handynummer gewählt, zu deren Inhaber ich ebenfalls keinen Kontakt bekam. Jesberg hatte aber – so entnahm ich es der Abrechnung – knapp anderthalb Minuten mit dem Handyinhaber gesprochen.

Keine besondere Ausbeute auf den ersten Blick. Lediglich der Hamburger Anschluss könnte eine Spur sein, überlegte ich.

Ich steckte die Rechnung in meine Tasche und machte mir darüber Gedanken, wie ich den Tag weiter verbringen sollte. Eine neue Geschichte hatte ich nicht in Arbeit.

Ich fuhr den PC hoch, loggte mich ins Internet ein und tippte den Namen *Simon Bator* in die Suchmaschine ein. Mal sehen, was der alles auf der Pfanne hat, dachte ich.

Es dauerte nur ein paar Sekunden, bis eine größere Anzahl von Dokumenten angezeigt wurde, in denen der Name des Schriftstellers vorkam.

Bator hatte tatsächlich einige wichtige Werke zum Thema *Rechte Gewalt* geschrieben, die in den Buchkritiken gut beurteilt wurden. Ich öffnete ein Dokument, das die Vita des Simon Bator enthielt.

Bator war ein paar Jahre älter als ich, hatte aber im Gegensatz zu mir viel in seinem Leben mitgemacht. Er war Jude, der Großteil seiner Verwandtschaft war in den Konzentrationslagern der Nazis ermordet worden. Er wohnte teils in Deutschland, teils in Israel und den USA, wo seine Bücher ebenfalls publiziert wurden. Leider fand ich keine Angaben über seinen Familienstand, von einer Frau oder Kindern war nicht die Rede.

Aber ich entdeckte, dass Bator in jungen Jahren einen Gedichtband mit dem Titel *Geborgtes Leben* veröffentlicht hatte.

Ein Link führte zu einem Internetbuchladen, der sogar eine Leseprobe des Lyrikbandes präsentierte. Ein Gedicht gefiel mir besonders:

Du willst,
Dass ich dein Unglück vertreibe.
Doch sag mir, wie.
Unter deinem Mantel
schimmert die Rüstung.
Ich aber will dich nackt.

Wird Kosmo vierzig?

Kosmo unterbrach meine Recherchen, denn er schlug vor, dass wir uns treffen sollten. Ich würde ihn vernachlässigen, klagte er.

Eine halbe Stunde später saßen wir in einer kleinen Kneipe, die ihr abgewetztes Mobiliar durch frisches Essen wieder wettmachte.

»Und? Was gibt's Neues? Hast du dich mit der unbekannten Miel getroffen?«, fragte ich neugierig.

»Noch nicht. Wir haben aber telefoniert.«

»Und?«

»Sie war tatsächlich Buffalos Stammkundin«, erzählte Kosmo. »Sie hat von seinem Tod aber erst aus der Zeitung erfahren.«

»Glaubst du ihr?«

»Es klang ehrlich.«

»War sie an dem Abend bei ihm?«

»Sie hatte den Termin abgesagt.«

»Also war dein Eindruck nicht falsch«, sagte ich. »Keine

gebrauchten Gläser, kein Hinweis auf Liebesspiele. Statt Miel kam der Mörder. Oder sie ist doch da gewesen und hat Buffalo gleich umgebracht – bevor sie mit ihm ins Bett ging.«

»Glaub mir, Grappa, die Frau hatte keinen Grund.«

»Vielleicht hat Buffalo versucht, sie zu erpressen?«

»Quatsch. Buffalo war nicht so ein mieser Typ. Auch in unserem Job gibt es einen Ehrenkodex. Und an oberster Stelle steht die Diskretion.«

»Warum hat sie dich angerufen?«

»Weil Buffalo ihr mal erzählt hat, dass ich sein bester Freund bin. Sie wollte mir ihr Beileid aussprechen.«

»Ist ja rührend«, sagte ich ironisch.

»Und sie hat mich gefragt, ob sie zur Polizei gehen soll.«

»Was hast du geantwortet?«

»Natürlich hab ich ihr abgeraten.«

»Das war falsch«, meinte ich. »Ihr solltet beide eine Aussage machen. Wenn alle, die Buffalo gekannt haben, schweigen, wird die Polizei keinen Schritt weiterkommen.«

»Die Bullen haben kein Interesse mehr an der Sache«, erklärte Kosmo. »Der Fall ist bereits zu den Akten gelegt worden.«

»Woher weißt du das?«, fragte ich.

»Ich habe mit diesem Hauptkommissar gesprochen, den du mir genannt hast. Brinkhoff.«

»Du hattest Kontakt zu ihm?«

»Telefonisch. Er kennt meinen Namen nicht. Ich habe ihm nur gesagt, dass ich ein Kollege von Buffalo bin.«

»Prima! Alle bleiben schön im Hintergrund und dann wundert ihr euch, wenn die Kripo die Akten schließt.«

Missmutig rührte Kosmo in seinem Milchkaffee.

»Du hast Recht, Grappa«, murmelte er. »Aber was also soll ich tun?«

»Du musst dich mit Brinkhoff treffen. Ich wiederhole mein Angebot, euch zusammenzubringen. Du musst ihm die Kundenkartei geben. Dann werden die Ermittlungen bestimmt wieder aufgenommen.«

»Ich überleg's mir«, versprach Kosmo. »Aber erst wenn ich mich mit Miel getroffen habe. Sie hat so eine ...« Er verstummte.

»Was hat sie?«

»Außergewöhnliche Art. Ihre Stimme und das, was sie sagt ...« Er wurde rot.

»Ach, du lieber Himmel!«, entfuhr es mir. »Du wirst dich doch nicht etwa verlieben?«

»Aber nein«, stotterte Kosmo.

»Dann ist es ja gut.«

»Meinst du, mir könnte so was passieren?«

»Was?«

»Dass ich mich verliebe.«

»Warum nicht? Du bist auch nur ein Mensch.«

»Immerhin. Danke, Grappa.«

»Jetzt bist du verschnupft!«, stellte ich fest.

Er schwieg, schien angestrengt nachzudenken, was ihm gut stand. Er war jetzt nicht mehr der sonnige Frauentyp, sondern ein melancholischer, schöner junger Mann.

»Ich würde dir gern helfen, einen vernünftigen Job zu finden«, sagte ich. »Du kannst das, was du zurzeit machst, nicht ewig machen. Auch du wirst mal vierzig, bekommst Falten, einen schlaffen Arsch und *er* wird auch nicht immer so präsent sein wie heute.«

»Glaube ich nicht«, wehrte er den Angriff auf seine Potenz ab.

Ich lachte. »Als ich in deinem zarten Alter war, habe ich auch gedacht, dass mir alles gehört – vor allem die Zeit. Als ich vierzig wurde, wusste ich, dass dies ein verdammter Irrtum war.«

»Na ja, ich habe auch schon mal überlegt, was sein wird, wenn ich vierzig bin – oder sogar noch älter.«

»Siehst du.«

»Und du meinst es wirklich ehrlich? Mit einem Job und so?«

»Wenn ich es sage!«

»Danke.«

Wir redeten noch ein bisschen über mögliche Jobs, die zu ihm passen würden, doch eine genaue Vorstellung von seiner Zukunft hatte Kosmo nicht. Wir zahlten und traten vor die Tür.

»Soll ich dich mit in die Stadt nehmen? Mein Auto steht gleich da drüben.«

»Nein. Ich bin mit dem eigenen Wagen da!« Der Callboy deutete stolz auf ein kleines rotes Flitzer-Cabrio aus Japan, das auf der anderen Straßenseite parkte.

»Neu?«

»So ziemlich. Habe ihn durch eine Kundin günstig bekommen. Ihr Mann besitzt ein Autohaus, das diese Marke führt.«

»Tolles Gefährt. Hätte ich auch gern.«

»Soll ich dir einen besorgen?«, fragte er.

»Lass mal lieber«, wehrte ich ab. »Zu teuer für mich.«

Ich kramte nach dem Autoschlüssel, dabei fiel mir der Zettel aus der Handtasche, auf dem ich die Nummern notiert hatte, die Jesberg mit seinem Handy angewählt hatte.

Kosmo hob das Papier auf und betrachtete die Ziffern.

»Woher kennst du Buffalos Telefonnummer?«, fragte er verblüfft.

»Wieso?«

»Die Handynummer da!« Er deutete auf die Zahlenkombination auf dem Zettel.

Termine und Telefonate

Völlig verwirrt fuhr ich wieder in die Redaktion. Dort stellte ich mithilfe der Handy-Abrechnung fest, dass Jesberg mit Buffalo an dessen Todestag telefoniert hatte, und zwar abends gegen 20.15 Uhr.

Ich erinnerte mich an Buffalos Terminkalender. Um 20 Uhr war er mit der geheimnisvollen Miel verabredet gewesen, um 23 Uhr mit Kosmo.

Kosmo hatte kurz vor Mitternacht Buffalos Wohnung

betreten. Miel hätte also bei Kosmo sein können, als Jesberg angerufen hatte. Ich wusste aber von Kosmo, dass die Callboys während ihrer Arbeit das Handy abstellen – nichts ist abturnender, als wenn beim Sex Geräusche aus der falschen Richtung kommen.

Was hatte Jesberg mit einem Callboy zu besprechen? Hing es mit den Erkundigungen über mich zusammen? Vielleicht war Jesberg auf die *Traumprinzen* im Internet gestoßen? Nein, wenn es um mich gegangen wäre, hätte er bei Kosmo angerufen und nicht bei Buffalo.

Ich wählte die Nummer von Hauptkommissar Anton Brinkhoff. Er war sofort dran.

»Hier Grappa. Sind Sie noch an Informationen über den Fall Buffalo interessiert? Ich meine Manfred Moor, den toten Callboy.«

»Natürlich.«

»Ich kenne einen Kollegen von Moor. Er möchte sich gern vertraulich mit Ihnen unterhalten. Wäre das möglich?«

»Geht dieser Freund auch diesem Gewerbe nach?«, fragte Brinkhoff.

»Ja. Ist das ein Problem für Sie?«

»Nein. Dieser Mann hat mich bereits angerufen. Allerdings hat Herr Schmitz seinen Namen nicht genannt.«

»Woher kennen Sie ihn dann?«

»Weil von den drei Traumprinzen nur noch einer übrig ist. Kosmo Schmitz.«

»Verstehe ich nicht!«

»Das glaube ich gern. Sie sind die Erste, die es erfährt. Wir haben die Leiche von Lothar Strünke-Kleinhoff, genannt Turbo, gefunden. Der Mann lag tot in seinem Bett. Hingerichtet mit einer Überdosis Fentanyl. Dieselbe Droge wie bei Manfred Moor. Und das gleiche Arrangement. Überall Federn.«

»Verdammt!«

»Sie sollten diesem Traumprinzen Kosmo sagen, dass er sich ganz schnell bei mir meldet. Sonst hat es sich vielleicht bald ausgeträumt.«

»Ich werde mit ihm reden«, versprach ich dem Hauptkommissar.

Nach dem Gespräch überlegte ich. Jetzt hatte es Turbo erwischt und damit hatte mein Verdacht gegen Jesberg den Sinn verloren.

Ich rief Kosmo an.

»Hör zu, Baby«, sagte ich sehr bestimmt. »Bleib zu Hause, lass niemanden in deine Wohnung und nimm keine Aufträge an. Kriegst du das hin?«

»Warum denn?«, fragte er.

»Turbo ist ermordet worden ...«

»Nein!«

»Doch. Und die Polizei glaubt, dass der Mörder etwas gegen hübsche Jungs hat, die Liebe gegen Geld machen. Du musst also aufpassen.«

»Wie ist es passiert?«

»Keine Ahnung«, log ich. »Ich habe es von dem Hauptkommissar vom Morddezernat erfahren. Er will dich sehen. Und zwar bald.«

»Ich kann gar nicht fassen, dass Turbo ...«

»Kosmo! Bleib cool. Ich werde dich zur Polizei begleiten. Wirst du mitkommen? «

»Ja. Es muss wohl sein.«

»Allerdings. Und noch eins: Triff dich nicht mit dieser Miel. Sie ist vielleicht doch die Mörderin.«

»Quatsch!«

»Heilige Einfalt!« Mir brach der kalte Schweiß aus. »Verschiebe den Termin wenigstens – bis wir sicher sind. Ich habe keine Lust vor deinem Sarg zu stehen.«

»Du machst dir Sorgen um mich?«

»Was denn sonst? Der Mörder hat Buffalo und Turbo in ihren Betten umgebracht – der weiß bestimmt auch, wo du wohnst. Lass niemanden rein, wenn es klingelt.«

»Okay. Dann ist es aber besser, ich haue hier ab, statt auf den Mörder zu warten. Kann ich zu dir kommen?«

Ich schluckte. »Hast du keinen Freund, bei dem du unterkriechen kannst?«

»Meine beiden Freunde sind tot – falls du dich erinnerst.«

»Du hast Recht. Tut mir Leid. Mein Gästebett kennst du ja bereits. Pack also deine Sachen und schwing die Hufe, du Traumprinz!«

Ein paar Stunden später zog Kosmo bei mir ein. Ich begrüßte ihn mit einem leichten Mahl.

Er war ein pflegeleichter Gast, stellte keine besonderen Ansprüche, räumte den Tisch ab und spülte das Geschirr.

Als Kosmo mir eine gute Nacht wünschte, bekam ich knappe schwarze Boxershorts und ihren Inhalt zu sehen.

»Ich muss was richtig stellen«, murmelte ich.

»Was?«

»Ich habe heute Nachmittag gesagt, dass du mit vierzig einen schlaffen Hintern haben wirst. Das nehme ich hiermit in aller Form zurück.«

»Danke, Grappa«, lächelte er artig und küsste mich auf die Wange. »Du bist heute Abend zu gnädig.«

»Und jetzt ab ins Bett«, grinste ich.

»Erzählst du mir eine Gute-Nacht-Geschichte?«

»Ich kenne nur schmutzige Storys«, bekannte ich.

»Umso besser.«

Ich ließ meinen Blick über ihn gleiten. »Lieber nicht, Baby«, seufzte ich. »Sonst passiert das, was wir beide nicht wollen.«

Tiefgekühlt

Eine gefüllte Tiefkühltruhe ersetzt manchmal den Gang zum Bäcker. Kosmo bot zwar an, sich aus dem Haus zu bewegen, um Frühstück einzukaufen, doch ich lehnte ab.

»Du wirst mit deinem göttlichen Körper in der Hütte bleiben«, befahl ich, »sonst macht das Verstecken keinen Sinn.«

Das sah er ein. Ich holte die Körnerbrötchen aus der Truhe und backte sie im Ofen auf. Dazu etwas Kräuterquark, ein wenig Gruyère, Butter und Honig. Orangensaft war sowieso immer da.

»Weißt du, Grappa«, sagte mein Gast, als wir am Tisch saßen, »ich genieße es sehr, dass du dich um mich kümmerst. Das ist ein neues Gefühl für mich.«

»Das freut mich. Ich finde es auch schön, dass ich nicht allein frühstücken muss.«

»Ich habe heute Nacht viel gegrübelt. Darüber, wie es mit mir weitergeht.«

»Hattest du eigentlich mal eine echte Freundin?«

Er biss mit seinen wohlgeratenen Zähnen in ein Brötchen. Die Körner flogen auf den Tisch.

»Klar. Während meiner Lehre. Sie hieß Agnes.«

»Und? Wie war das?«

»Ich weiß nicht mehr. Es ist so lange her und es hat ...«, er suchte nach Worten, »... es hat nicht sehr lange gedauert. Wir haben noch nicht mal miteinander geschlafen. Sie wollte nicht, bevor wir verheiratet waren. Und dann hat sie Schluss gemacht.«

»Warum?«

»Es war meine Schuld«, bekannte Kosmo. »Eines Tages kam Agnes in die Schreinerei. Da hat sie gesehen, wie ich es mit einer anderen auf der Eckbank trieb.«

»Dumm gelaufen.«

»Allerdings. Ab diesem Zeitpunkt war ich für sie abgeschrieben.«

»Das ist ja wohl verständlich. Du hast sie tief verletzt. Eine Frau verkraftet das nicht so einfach.«

»Mit der anderen – das war doch keine Liebe. So wie mit Agnes«, verteidigte sich Kosmo.

»Woher sollte sie das wissen? Du hast sie übel betrogen.«

»Heute weiß ich das auch.«

»Möchtest du noch Kaffee?«

»Manchmal sehne ich mich nach einer ganz normalen Beziehung. Mit nur einer Frau, der ich treu sein kann. Die mich versteht, die mich pflegt, wenn ich krank bin, mich aufheitert, wenn ich traurig bin, die mit mir lacht und mir alle Dummheiten verzeiht. Und ich tue das Gleiche für sie. Verstehst du das, Grappa?«

»Klar versteh ich das.«

»Meinst du, ich kriege das irgendwann hin?«

»Vielleicht.«

»Und wenn diese Frau erfährt, wie ich die letzten Jahre mein Geld verdient habe?«

»Wenn sie dich wirklich liebt, wird es ihr nichts ausmachen«, behauptete ich. »Du solltest sie nur nicht im Unklaren über deinen Beruf lassen. Nichts ist schlimmer in einer Beziehung als ständige Lügen.«

Ich schaute auf die Uhr.

»Würdest du den Tisch abräumen und das Geschirr abspülen?«, fragte ich. »Jansen und Bator kommen gleich. Bis dahin will ich geduscht haben.«

Kosmo geht

Jansen schaute ein wenig erstaunt, als er Kosmo – noch immer leicht bekleidet – in meiner Wohnung herumlaufen sah. Auch Bator musterte meinen attraktiven Gast eingehend.

»Sie können ruhig reden«, lächelte ich. »Wir haben keine Geheimnisse voreinander. Kosmo ist ein guter Freund.«

Jansen ließ sich in einen Sessel fallen. »Ich habe im Radio gehört, dass Kosmos Kollege ermordet worden ist. Erst Buffalo, dann Turbo. Was hat das zu bedeuten?«, fragte er.

»Die Kripo geht von einem Mörder aus, der was gegen die ›Traumprinzen‹ hat. Deshalb wohnt Kosmo jetzt bei mir. Damit er dem Mörder nicht auch in die Hände fällt, nicht wahr, Baby?«

»Sie haben wirklich ein mitleidiges Herz, Frau Grappa«, meinte Simon Bator ironisch. »Und Sie sind so uneigennützig.«

»Wie schön, dass Sie noch ein paar gute Charakterzüge an mir entdecken, Herr Schriftsteller. Obwohl ich die Entwicklung von einer Super-Zicke zu Mutter Teresa etwas rasant finde.«

»Müsst ihr euch denn immer sofort in die Haare geraten?«, meinte Jansen. »Können wir jetzt vielleicht zum Thema kommen?«

»Sofort. Aber ihr solltet noch wissen, dass Jesberg mit Kosmos Kollegen Buffalo telefoniert hat. An dessen Todestag.«

»Ich habe keine Lust, mich mit dem Rotlichtmilieu in Bierstadt zu befassen«, sagte Bator kühl. »Deshalb bin ich nicht in diese Stadt gekommen.«

»Tut mir Leid, dass wir Ihrem intellektuellen Anspruch nicht gerecht werden«, giftete ich. »Es wäre bestimmt besser für Sie, wenn Sie wieder nach Israel oder in die USA fliegen würden.«

»Meine Aufgabe ist leider noch nicht erfüllt. Lassen Sie uns jetzt endlich zu den Fakten kommen«, forderte Bator. Sein Gesichtsausdruck war verspannt.

Der Schriftsteller hatte die Hamburger Telefonnummer, die Jesberg mehrfach angerufen hatte, identifiziert: Es handelte sich um den Privatanschluss eines international bekannten Rechtsextremen namens Hülsdonk, der bei Naziaufmärschen stets das große Wort führte.

»Wenigstens ein kleiner Beweis für Jesbergs Verbindung zur Naziszene«, freute ich mich.

»Das besagt gar nichts«, machte Bator meine Hoffnung zunichte. »Jesberg ist Journalist. Er kann immer behaupten, er habe Hülsdonk wegen einer Recherche sprechen müssen. Niemand wird ihm das Gegenteil beweisen können. Hülsdonk ist Hauptredner beim geplanten Neonaziaufmarsch in Bierstadt.«

»Herr Bator hat Recht«, meinte Peter Jansen. »Wir müssen eindeutige Beweise finden.«

»Jesberg hat mit dem Mord an Buffalo zu tun«, wiederholte ich. »Warum interessiert das bloß niemanden von euch?«

»Mag ja sein, Grappa«, lenkte Jansen ein. »Aber das ist eine andere Baustelle. Du musst es auf jeden Fall Brinkhoff sagen.«

»Er müsste jeden Augenblick hier eintreffen«, erklärte ich. »Er will mit Kosmo reden.«

Wenige Augenblicke später klingelte es. Der Hauptkommissar war pünktlich und erstaunt, eine Menschenansammlung in meiner Wohnung anzutreffen.

»Wir gehen dann wohl besser«, sagte Simon Bator, nachdem sich Brinkoff vorgestellt hatte.

»Mach's gut, Grappa.« Jansen ging zur Tür. »Wir bleiben in Verbindung.«

»Aber klar.«

Ich sah Jansen und Bator nach. Der Schriftsteller war ein schwieriger Typ. Völlig unzugänglich. Mir fiel das Gedicht wieder ein. *Unter deinem Mantel schimmert die Rüstung …* Er muss bei dem Satz wohl an sich gedacht haben, dachte ich.

Ich wandte mich Brinkhoff zu. »Wollen Sie einen Kaffee?«

Er wollte. Kosmo und ich erzählten dem Kripomann alles, was wir über Buffalos und Turbos Aktivitäten wussten, auch, dass Jesberg Kontakt zu dem Mordopfer Buffalo hatte. Außerdem übergab Kosmo dem Hauptkommissar die Diskette mit Buffalos Terminkalender.

Brinkhoff machte sich Notizen und fragte einige Male nach. Nur Miel erwähnte Kosmo mit keinem Wort.

»Du hast etwas Wichtiges vergessen, Kosmo«, stellte ich fest.

»Habe ich nicht.«

»Du hast Miel nicht erwähnt.«

Kosmo sah mich entsetzt an.

»Wer ist Miel?«, fragte Brinkhoff.

»Miel war eine Kundin von Buffalo«, erklärte ich. »Ihr Name steht in seinem Terminkalender. Sie war am Mordtag mit Buffalo verabredet. Es ist möglich, dass sie etwas weiß.«

»Und wie komme ich an diese Frau heran?«

Ich blickte Kosmo an. Er reagierte nicht.

»Herr Schmitz hat Kontakt zu ihr«, erklärte ich.

Brinkhoff musterte Kosmo. Dessen Gesicht war verschlossen.

»Frau Grappa muss da etwas durcheinander gebracht haben«, sagte der Callboy kühl. »Ich kenne keine Miel. Ihr

Name steht zwar in der Kundenkartei, doch ich weiß nicht, wer sie ist.«

»Du hast doch ihre Handynummer!«, rief ich aus.

»Du täuschst dich.« Kosmo schenkte mir einen verhangenen Blick.

Kosmo wurde immer einsilbiger. Brinkhoff sah mich fragend an, ich zuckte nur hilflos die Schultern. Wir insistierten nicht weiter und wenig später schloss der Hauptkommissar die Tür hinter sich.

Kosmo ging ins Gästezimmer. Ich folgte ihm, sah zu, wie er begann, seine Sachen zusammenzupacken. Sein Gesichtsausdruck war undurchdringlich.

»Du bist für mich gestorben, Grappa!«, teilte er mir mit. »Ich will dich nie mehr sehen. Halte dich ab jetzt aus meinem Leben heraus.«

Die Farbe des Honigs

Nachdem Kosmo gegangen war, packte mich ein paar Augenblicke lang Reue über das, was ich angerichtet hatte. Ich hätte es ihm überlassen sollen, ob er von Miel erzählen wollte.

Ich zog das Gästebett ab, haderte mit meinem Charakter, fand ihn aber doch im Großen und Ganzen in Ordnung.

Wie sollten die beiden Morde aufgeklärt werden, wenn sich jeder, der in die Sache verwickelt war, zum großen Schweigen entschloss?

Brinkhoff war diskret und er würde Miel wegen ihres Hobbys nicht an die Wand nageln. Warum – zum Teufel – stellte sich Kosmo so an?

Es klingelte. Das ist Kosmo, dachte ich, er hat es sich anders überlegt. Erwartungsfroh stürzte ich zur Tür.

Zu meiner Überraschung stand ich jedoch Simon Bator gegenüber. Im kalten Flurlicht sah die Narbe, die ihm die Neonazis verpasst hatten, diabolisch aus.

»Kann ich noch einmal mit Ihnen reden?«, fragte er.

»Wieso? Das haben wir doch gerade getan.«

»Es dauert nicht lange.«

Er ging an mir vorbei ins Wohnzimmer, zog dabei das Bein stark nach.

Fehlt nur noch der Bocksfuß, dachte ich, dann wäre er der perfekte Satan. Ich bemerkte, dass mir die Vorstellung gefiel.

Vorsicht, Grappa, dachte ich, gleich fragt er, ob er deine Seele kriegt. Ich schnüffelte. Kein Schwefelgeruch. Wenigstens etwas.

»Warum starren Sie mich so an?«, fragte Bator.

»Tut mir Leid.« Ich fühlte mich ertappt. »Hab ich gar nicht bemerkt. Sagen Sie mir jetzt, um was es geht?«

»Wir sollten uns besser vertragen, Frau Grappa. Wir stehen beide auf derselben Seite. Und daher finde ich es schade, dass wir uns ständig in die Haare geraten.«

Ich dachte wieder an das Gedicht, das er geschrieben hatte.

»Sie sind kein glücklicher Mann, Herr Bator. *Das* finde ich schade. Sie tragen Ihre Melancholie wie eine Rüstung am Körper. Ein Schutz, der nur das durchlässt, was traurig und finster ist.«

»Was wissen Sie schon über mich?«, brauste er auf. Bators Augen blitzten. »Sie kennen mich doch kaum.«

»Ich habe ein bisschen im Internet gesurft.«

»Und Sie glauben, das reicht, um einen Menschen kennen zu lernen?«

»Nein. Aber so habe ich wenigstens ein paar interessante Fakten erfahren.«

»Warum ist Ihr Gast ausgezogen?«, änderte Bator das Thema.

»Woher wissen Sie das?«

»Ich habe ihn gesehen, wie er aus dem Haus stürzte.«

»Sie haben vor dem Haus gewartet?«

»Ja. Die Miene des jungen Mannes war ziemlich betrübt.«

»Ich habe ihn verärgert«, sagte ich. »Jetzt ist er verletzt.«

»Ein Streit unter Liebenden?«

»Er ist nur ein Freund.«

»Ein Glück für Sie beide«, stellte Simon Bator fest. »Liebe ist ein wundervolles Stimulans – aber sie macht auch lächerlich und verletzbar.«

»Wollen Sie etwas trinken?«

Er ignorierte meine Frage. »Man darf nie jemanden zu gern haben – am Ende verliert man ihn doch.«

»War das bei Ihnen so?«, hörte ich mich sagen.

»Es war zu oft so«, bekannte Bator. »Deshalb halte ich mich jetzt von der Liebe fern.«

»Eine vernünftige Entscheidung. Und – wie fühlen Sie sich dabei?«

»Gut.«

»Ach ja?« Ich fixierte ihn scharf.

»Ich fühle mich gut ... und tot.«

»Ich öffne jetzt eine Flasche Wein«, sagte ich mit rauer Stimme.

Ich ging in die Küche. Als ich mit dem Chianti und zwei Gläsern zurückkehrte, hatte er seine Haltung nicht verändert. Der Kopf mit den ungebändigten Haaren war gesenkt, die Ellenbogen auf die Knie gestützt.

Er wirkte nicht mehr diabolisch, sondern einsam und verloren und trotzdem stark. Genau die Mischung, auf die ich stand.

»Trinken Sie!«

Er nahm das Glas, hielt es gegen das Licht, drehte es ein wenig und betrachtete die Bewegung der roten Flüssigkeit. Die krasse Melancholie, die von ihm ausging, raubte mir fast den Atem.

Er probierte einen Schluck. »Du bist genauso verloren wie ich, stimmt's?« Jetzt duzte er mich bereits.

»Sie täuschen sich«, widersprach ich.

Ein roter Tropfen Wein blieb im Mundwinkel hängen. Er wischte ihn unwirsch mit dem Handrücken weg.

»Was hast du über mich herausgefunden?«, fragte er und leerte das Glas.

»Dass Sie Ihre Familie im KZ verloren haben. Dass Sie ein engagierter Schriftsteller sind. Dass Sie zwischen drei Ländern hin und her pendeln. Und dass Sie früher Gedichte geschrieben haben. Schöne Gedichte.«

»Darf ich dir etwas erzählen?«

»Sicher. Deshalb sind Sie doch hier. Wollen Sie noch etwas Wein?«

Bator lehnte ab. Dann begann er zu erzählen: »Ich bin 1948 geboren – drei Jahre nach Ende des Zweiten Weltkrieges. Meine Mutter und mein Vater hatten das KZ überlebt. Meine Mutter war in erster Ehe mit einem Arzt verheiratet gewesen, sie hatten zusammen drei Kinder. Meine Mutter sah nicht aus, wie sich die Nazis eine Jüdin vorstellten. Sie hatte blaue Augen und langes, gewelltes Haar von honigblonder Farbe. Ihre Vorfahren kamen aus Frankreich. Am Tag, als das KZ befreit wurde, hatten die Wärter ihr das Haar abgeschnitten, ein paar Stunden später sollte sie in die Gaskammer geschickt werden. Sie überlebte. Doch ihr Mann und die drei Kinder, meine Halbgeschwister, sind kurz zuvor ermordet worden.«

»Dann traf deine Mutter deinen Vater?«

»Mein Vater hatte ebenfalls seine erste Frau verloren. Beide fanden sich, heirateten und ich wurde geboren.«

»Lebt deine Mutter noch?«

»Nein. Sie hat sich das Leben genommen, als ich zehn Jahre alt war. Sie hat das alles nicht verkraftet – besonders nicht den Tod ihrer drei Kinder. Hier – ich zeige dir was!«

Simon Bator griff in seine Jacke, zog mit zitternden Fingern eine Brieftasche heraus, in der ein gefaltetes Papier steckte.

»Das ist ein Brief des ersten Mannes meiner Mutter. Sie hat ihn immer bei sich getragen.«

Ich nahm das vergilbte Papier und las: *Nie wieder habe ich etwas so Weiches berührt wie deine Haare. Ich habe sie dir gekämmt, während du schliefest.*

»Als meine Mutter das Konzentrationslager verlassen konnte, war ihr Haar nicht nur geschoren. Als es nachwuchs, war es weiß. Schlohweiß. Obwohl sie erst dreiundreißig Jahre alt war. Aber immer, wenn wir irgendwo hingingen, in einen Laden oder durch Felder – egal wohin –, suchte sie genau nach ihrer Farbe – golden wie Honig. Und dann sagte sie: Schau, Simon, so eine Farbe hatte mein Haar.«

»Honig heißt auf Französisch ›Miel‹«, murmelte ich kaum hörbar.

Das alles entgleitet meiner Kontrolle, dachte ich panisch, erst Kosmos Abgang, jetzt Bator auf meinem Sofa.

»Was hast du gesagt?«, fragte Simon Bator. Er sah traurig und müde aus.

»Ich dachte gerade an die Farbe des Honigs«, flüsterte ich.

»Kannst du mich in den Arm nehmen?«

Ich nahm seinen Kopf und hielt ihn. Er klammerte sich heftig an mich, drückte seinen Mund auf meinen Hals.

»Du erdrückst mich«, sagte ich leise.

Sofort ließ er mich los. »Entschuldige!«

Eine Weile saßen wir schweigend nebeneinander. Beide wussten wir, was gleich passieren würde.

Er zog mich hoch, wir stolperten in den Flur und bereits im Türrahmen des Schlafzimmers hatte ich kaum noch etwas am Leib.

Ich genoss es. Er machte es so, wie ich es gern hatte: nicht lange fackeln, alles geben, alles rauslassen, nicht kopf-, sondern nur lustgesteuert – und wenn die Welt genau jetzt unterginge – wo wäre das Problem?

Er war schneller als ich. Ich blickte ihn an, wie ich es immer tat, wenn ich mit einem Mann zusammen war, weil erst beim Höhepunkt die Rüstung wirklich fällt. Ich genoss die Macht, die dann von mir ausging, kam mir vor wie eine Fürstin, die wenige Augenblicke lang ein siegreiches Heer befehligt.

Er hatte die Augen geschlossen, sein Atem kam in kurzen Stößen durch den geöffneten Mund. Auf dem Gipfel schrie er auf, ließ aber nicht nach, weil er merkte, dass ich noch nicht so weit war.

Ich feuerte ihn mit ein paar passenden Worten an, sie waren gar nicht jugendfrei und verfehlten ihre Wirkung nicht.

Er wurde heftiger, eher wild und aus meinem siegreichen Heer wurde ein verwirrter, glücklicher Haufen von versprengten Kämpfern.

»Wahnsinn!«, japste ich.

Bator lachte.

Er roch so gut. Ich leckte die Feuchtigkeit aus seiner Halsbeuge, streichelte sein Ohr mit meiner Zunge und flüsterte, dass wir beide nicht verloren seien, wie wir irrtümlich geglaubt hatten, sondern dass das Gegenteil der Fall sei, dass das Paradies mit seinen bunten Verlockungen nur auf uns warten würde und sonst auf niemanden, auf der ganzen Welt nicht.

»Ich glaube dir jedes Wort«, murmelte Simon.

Irgendwann schlief ich ein, er blieb neben mir.

In der Nacht, nach dem ersten Tiefschlaf, spürte ich seinen warmen Körper und berührte ihn. Er reagierte schnell und heftig, ich setzte mich auf ihn und holte mir das, was ich wollte. Diesmal sagte er ein paar Worte, die nicht jugendfrei waren.

Die Demokratie lebt?

Die Mittagszeit war längst vorbei, als wir aufwachten. Die Sonne knallte auf die Fenster.

Ich deckte den Frühstückstisch auf dem Balkon. Der Thymianbusch blühte winzig, um die Salbeiblüten brummten Honigbienen.

Ein schöner Sommertag, dachte ich.

»Ein schöner Sommertag«, sagte er. »Wie geschaffen für uns.«

»Schade, dass es Neonazis, Jesberg und das *Bierstädter Tageblatt* gibt«, bedauerte ich. »Es wäre genau die richtige Zeit, in Urlaub zu fahren. Sollen wir nicht einfach unsere Sachen packen und gen Süden düsen? Irgendwo anhalten, wo es uns Spaß macht? Wo die Leute nett sind, das Meer blau und der Wein schwer und dunkel ist?«

Bator lächelte. »Das wäre schön«, sagte er. »Aber – ich müsste schon längst wieder an meinem Computer sitzen und schreiben. Mein Verleger wartet auf mein Manuskript.«

»Woran arbeitest du gerade?«

»Natürlich an einem Buch über Rechtsterrorismus. Wusstest du, dass es über achthundert Nazi-Homepages im Internet gibt? Dass auf ihnen ganz offen zu Gewalt und Mord aufgerufen wird? Da gibt es Anleitungen zum Bau von Bomben und schwarze Listen mit den Namen von Menschen, die sozusagen zum Abschuss freigegeben werden.«

»Warum wird diese Propaganda eigentlich nicht verboten?«, fragte ich.

»Sie ist ja verboten«, erklärte er. »Aber die rechten Terroristen haben Verbündete – in den USA zum Beispiel. Dort sitzen Provider, die ihnen die Möglichkeit bieten, im World Wide Web zu werben. Deutsche Provider stoppen solche Seiten – obwohl es immer wieder zu ärgerlichen Pannen kommt.«

»Und warum ist es nicht möglich, denen endgültig das Handwerk zu legen?«

Simon schüttelte den Kopf. »Meiner Meinung nach wird nicht genug getan. Es fehlt an einem strategischen Konzept. Denk doch nur mal an die Naziaufmärsche in den Städten. Die Polizei verbietet sie, dann rennt der Antragsteller zu Gericht und erwirkt eine einstweilige Anordnung. Die Nazis dürfen dann doch marschieren und machen sich über unseren Rechtsstaat noch lustig, verhöhnen ihn geradezu. Die Gesetze müssten geändert werden.«

»Ich finde es eigentlich gut in einem Staat zu leben, in dem jeder seine politische Meinung offen sagen und für sie einstehen kann«, überlegte ich. »Eine Einschränkung der Demonstrationsfreiheit? Nein, danke.«

»Dann gehörst du zu denen, die glauben, dass eine demokratische Gesellschaft so etwas aushalten muss?«

»Ja.«

»Das ist kurzsichtig«, entgegnete Simon. »Erinnere dich an die Weimarer Republik. Eine Demokratie, wie sie im

Buche stand. Aber in ihr wurde Adolf Hitlers Terrorherrschaft geboren.«

»Das waren andere Zeiten. Da wusste noch niemand, dass es so furchtbare Dinge wie Konzentrationslager geben würde.«

»Du glaubst wirklich, dass der Mensch dazulernen kann?« Bator lachte wild auf.

»Warum nicht?«, fragte ich.

»Du irrst. Die Neonazis rüsten auf und werden eines Tages losschlagen. Sie besitzen schon jetzt Waffenlager mit Granaten, Raketenteilen, Panzerfäusten und Sprengstoff. Ihnen fehlt nur noch der große Führer.«

Informantenschutz

Es war so, wie Bator vermutet hatte. Jesberg hatte eine logische Erklärung für den Anruf bei Buffalo an dessen Todestag. Hauptkommissar Anton Brinkhoff informierte mich, als ich am Montagmorgen wieder an meinem Schreibtisch in der Redaktion saß.

»Er hat sich verwählt«, berichtete der Kripomann.

»Er braucht anderthalb Minuten, um herauszufinden, dass er die falsche Nummer gewählt hat?«

»Ja. Am anderen Ende sagte eine Stimme nur Hallo. Er musste also erst nach dem gewünschten Gesprächspartner fragen.«

»Und? Wen hat er anrufen wollen?«

»Das sagt er nicht«, antwortete Brinkhoff. »Eine journalistische Recherche. Informantenschutz. Ich kann ihn nicht zwingen, die Nummer anzugeben und den Namen zu nennen. Aber das wissen Sie ja besser als ich, Frau Grappa.«

»Mist!«, sagte ich ärgerlich. »Hat er ein Alibi für die Tatzeit?«

»Hat er. Er war mit einem Herrn Arco Blum zusammen.«

»Blum? Dass ich nicht lache! Das ist der Privatschnüffler, den er auf mich angesetzt hat!«

»Blum hat das Alibi bestätigt«, erklärte Brinkhoff.

»Es hätte mich auch gewundert, wenn er's nicht getan hätte!«

»Jesberg hat mich natürlich gefragt, woher ich seine Handy-Abrechnung kenne. Er ahnt, dass jemand aus seinem Haus spioniert hat. Ich könnte mir vorstellen, dass er nicht viel Zeit braucht, um auf Sie zu kommen, Frau Grappa. Sie sollten vorsichtig sein.«

»Danke für den Rat«, sagte ich ungerührt. »Aber ich stehe sowieso kurz vor dem Rausschmiss.«

»Vielleicht schickt er Ihnen seine Leute auf den Hals.«

»Ich werde aufpassen«, versprach ich. »Und Sie auf dem Laufenden halten.«

Als ob der Tag nicht schon unschön genug begonnen hätte, plötzlich stand auch noch der Fotograf Big Mäc in der Tür. Er hielt die Hand mit der qualmenden Zigarette tief in den Flur.

»Hast du mal Zeit, Grappa?«, fragte er.

»Mach erst die Fluppe aus«, brummte ich.

Er tat es und setzte sich auf den Besucherstuhl.

»Guck mal!« Er reichte mir einen Stapel Fotos. »Kennst du den?«

Ich guckte die Abzüge an. Big Mäc hatte sich im Bierstädter Zoo herumgetrieben und geknipst. Dabei hatten nicht die eingesperrten Kreaturen im Mittelpunkt seines Interesses gestanden, sondern Tierpflegerlehrling Thimo Krause.

Big Mäc musste ihn regelrecht verfolgt haben. Ich sah den jungen Mann beim Füttern der Kamele, beim Ausmisten der Zebraställe und im Gespräch mit einer Zoobesucherin.

»Und? Was sagst du?«

»Wozu?«, stellte ich mich dumm.

»Hast du Tomaten auf den Augen? Das ist der Typ, der die Tiere aus dem Zoo freilässt!«

»Ich kann keine Ähnlichkeit feststellen«, log ich.

»Mensch, Grappa!« Big Mäcs Stimme war verzweifelt. »Das ist eine Bombenstory! Wir können die Sache jetzt aufklären – und wir haben sie exklusiv! Der Täter ist ein

Mitarbeiter des Zoos. Ich weiß auch seinen Namen – er heißt Thimo Krause.«

»Es handelt sich nicht um den Mann aus der Nacht«, blieb ich stur. »Ich mache mich doch nicht lächerlich, nur weil du Gespenster siehst!«

»Ich bin Fotograf! Ich kenne mich mit Gesichtern aus!«

»Dann mach die Story selbst«, riet ich. »Und jetzt nerv mich nicht länger. Ich habe zu tun.«

»Das kannst du nicht machen!«

»Und ob ich das kann«, giftete ich. »Geh doch zu deinem Freund Jesberg. Hast du deinen Vertrag eigentlich schon bekommen? Und deine Seele dafür verkauft?«

Big Mäc schwieg beleidigt, drehte sich auf dem Absatz um und verschwand. Die Fotos blieben auf meinem Schreibtisch liegen.

Ich betrachtete die Bilder. Warum in aller Welt sollte ich Thimo Krause ans Messer liefern? In einer Stadt, in der Callboys ermordet wurden, Neonazis ihre Leute rekrutierten und das Rauchen in der Öffentlichkeit noch immer nicht verboten war, gehörte ein Junge wie Thimo Krause zu den Harmlosen unter den Mitmenschen.

Ich blätterte die Abzüge durch. Irgendetwas hatte beim ersten Ansehen mein Gehirn aktiviert, doch was?

Beim Foto von Thimo Krause und der unbekannten Zoobesucherin stockte ich.

Die Körperhaltung der beiden war nicht so, als wären sie zufällig aufeinander getroffen. Thimo stand sehr dicht bei der Frau, die um einiges kleiner war als er.

Da Big Mäc darauf geachtet hatte, Thimos Gesicht voll ins Bild zu bekommen, war die Frau nur von hinten leicht angeschnitten zu sehen. Der Junge hatte seine Hand unter ihren Ellenbogen gelegt – eine beschützende und keine zufällige Geste.

Die Frau hatte ein ausgeprägtes Profil und trug einen dunklen Hut mit Krempe, der tief ins Gesicht gezogen war. Sie war mit einem weiten hellen Mantel bekleidet, der ihre Figur verbarg. Was jedoch auffällig war: Sie hatte dichtes helles Haar, das sie zu einem dicken Zopf geflochten trug, der ihr über den Rücken hing. Die Farbe des Haares war blond.

Honigblond.

Wanzen und Freunde

In einem unbeobachteten Augenblick – die Redaktionskonferenz hatte begonnen und Jesbergs Sekretärin plauschte mit ihrer Kollegin in deren Zimmer – verwanzte ich Jesbergs Büro mit den Utensilien, die mir Simon Bator in der Zwischenzeit besorgt hatte. Jetzt konnte der Schriftsteller nicht nur Jesbergs Telefonate abhören, sondern er war auch in der Lage, jedes Wort, das im Chefzimmer gesprochen werden würde, mitzubekommen und aufzuzeichnen.

Ein wenig verspätet und ein bisschen atemlos betrat ich den Konferenzraum.

»Frau Kollegin! Schön, dass Sie Zeit gefunden haben, bei uns vorbeizuschauen. Da freue ich mich aber!«, machte mich Dirk Jesberg sofort an.

»Und ich freue mich noch immer nicht, Sie zu sehen, Herr Jesberg«, entgegnete ich mit mildem Lächeln.

Er ging auf meine Provokation nicht ein.

»Wir haben ein anstrengendes Wochenende vor uns«, kam Jesberg zum Hauptthema der Konferenz. »Für den Samstag hat ein Hamburger Rechtsanwalt eine so genannte Demonstration in Bierstadt angemeldet, zu der rund fünfhundert Menschen erwartet werden. Gleichzeitig haben so genannte antifaschistische Gruppen, die mit den Grünen und den Kommunisten von der PDS zusammenarbeiten, Gegendemonstrationen angekündigt. Hier werden etwa fünftausend Menschen erwartet. Während die – na ja – so genannten Rechten erfahrungsgemäß friedlich durch die Stadt ziehen werden, haben die Chaoten angekündigt, Randale zu machen. Dazu hat die so genannte autonome Szene polizeilich bekannte Schläger aus der gesamten Bundesrepublik einfliegen lassen. Sie wollen unsere Stadt in einen Ausnahmezustand versetzen.«

»Ich finde es richtig, dass gegen die rechten Schläger demonstriert wird«, meinte Frank Foster. »Diese Typen sind Faschisten und Neonazis, sie rufen offen zu Gewalt und Rassenhass auf. Dagegen müssen sich alle Demokraten wehren.«

»Interessanter Denkansatz, Herr Kollege«, sagte Dirk Jesberg. »Aber von Ihnen erwarte ich auch nichts anderes. Sie sollten sich jedoch besser informieren. In allen Städten, in denen demonstriert wurde, haben die linken Chaoten Gewalt provoziert und nicht die Leute, die Sie als Faschisten bezeichnen.«

»Diese Faschisten sind wirklich völlig harmlos.« Meine Stimme war ruhig. »Sie treten Asylbewerber zu Tode, foltern Obdachlose, fackeln Ausländerheime ab, beschmieren Synagogen mit Hakenkreuzen und veranlassen ab und zu mal Bombenanschläge, bei denen Menschen getötet werden. Alles ganz harmlos.«

»Straftaten sind natürlich immer zu verdammen«, stellte Jesberg fest. »Darüber gibt es ja wohl keinen Zweifel. Allerdings liegen in der Kriminalitätsstatistik Ausländer ganz vorn bei den Gewaltverbrechen – so sehen die Fakten aus, Frau Grappa! Auch wenn so etwas nicht in Ihr Weltbild passt.«

»Die neonazistischen Straftaten steigen kontinuierlich an. Auch das sind Fakten.«

»Da denken Sie bestimmt an Sebnitz, Frau Grappa ...« Jesberg schaute mich höhnisch an. »An den armen kleinen Jungen, der von Neonazis angeblich gefoltert und ermordet wurde. Eine Tat, die dem verrückten Hirn einer Frau entsprungen ist, die besser auf ihr Kind hätte aufpassen müssen. Eine unglaubliche Lüge, die uns Deutsche in ein ganz mieses Licht stellen sollte!«

Niemand sagte etwas.

»Sie werden die Antifaschisten im Auge behalten, Herr Foster«, begann Jesberg die Arbeit zu verteilen. »Und Sie,

Frau Grappa, werden über die Demo des ›nationalen Widerstandes‹ berichten.«

»Ich soll ein Auge auf die Nazis haben?«

»Das Wort halte ich nicht für angebracht. Die Gruppe nennt sich *Aktion des nationalen Widerstands.* Bleiben wir doch einfach bei dieser Bezeichnung. Das erleichtert allen Beteiligten die Arbeit.«

Weitere Kollegen wurden zur Beobachtung der Polizei und als Stand-by-Reporter eingeteilt – für den Fall, dass es zu größeren Ausschreitungen kommen sollte.

In meinem Zimmer fuhr ich den PC hoch und sammelte alle zugänglichen Informationen über den Hamburger Rechtsanwalt, der den Neonaziaufmarsch in Bierstadt angemeldet hatte. Hülsdonk fungierte in der gesamten Republik als Anmelder ähnlicher Veranstaltungen. Er wusste genau, wie man einen Antrag so wasserdicht abfassen konnte, dass er jedem Verwaltungsgericht standhalten musste.

SS-Manni, eine bekannte Bierstädter Glatze, würde auch wieder dabei sein. Er sollte seine Kumpane durch die Stadt führen. Er kannte sich hier bestens aus. Der Typ war ein Garant dafür, dass auch der diszipliniertestе Friedensfreund einen dicken Hals bekam: Dummheit gepaart mit Gewaltbereitschaft und einem beknackten Outfit.

Der Polizeipräsident hatte es abgelehnt, die Demo zu verbieten, da er keine Aussicht auf Erfolg sah. Er hatte jedoch einige Auflagen erlassen: So durften keine Springerstiefel und Bomberjacken getragen werden, auf militärische Kopfbedeckungen und Abzeichen musste verzichtet und bestimmte Slogans durften nicht gerufen werden.

Missmutig schaltete ich den Computer ab. Die Uhr sagte mir, dass es kurz vor Feierabend war.

Simon Bator hatte sich zu einem Besuch angesagt, ich musste dringend ein paar Lebensmittel einkaufen.

Im Hinausgehen vernahm ich noch das Klingeln des Telefons. Ich ignorierte es, sah zu, dass ich Land gewann. Doch noch auf dem Parkplatz bimmelte mein Handy.

Es war Hauptkommissar Anton Brinkhoff. Er teilte mir

mit, dass Kosmo Schmitz schwer verletzt in seiner Wohnung gefunden worden war. Zum Glück lebte er noch.

»Wo ist er jetzt?«, fragte ich entsetzt.

Der Callboy lag auf der Intensivstation der Städtischen Kliniken. »Ein Besuch ist aber zwecklos«, berichtete der Hauptkommissar. »Er ist nicht ansprechbar.«

»Was ist passiert?«

»Das wissen wir noch nicht genau. Auf jeden Fall sind wieder Drogen im Spiel. Und das Arrangement war das gleiche wie bei den anderen Toten. Überall Federn.«

»Wer hat ihn gefunden?«

»Eine seiner ... Freundinnen. Sie hatte in der Zeitung von den Morden gelesen, und als niemand die Tür öffnete, hat sie die Polizei angerufen.«

»Wie heißt die Frau?« Ich dachte an Miel.

»Sie hat ihren Namen nicht nennen wollen. Sie hat aus einer Telefonzelle angerufen.«

»Was werden Sie jetzt tun?«

»Es ist eine Sonderkommission gebildet worden. Es scheint sich um einen Serientäter zu handeln. Meine Behörde nimmt die Sache jetzt sehr ernst.«

»Das wird auch langsam Zeit!«

»Manche Dinge dauern halt«, verteidigte Brinkhoff den Amtsschimmel. »Immerhin haben wir jetzt einen Kronzeugen. Wenn er überlebt, kann er uns bestimmt weiterhelfen.«

»Wird er denn durchkommen?«

»Ich glaube schon. Herr Schmitz ist jung und kräftig.«

»Ist denn sichergestellt, dass der Mörder ihn nicht im Krankenhaus besuchen kann?«

»Herr Schmitz wird rund um die Uhr bewacht.«

Ein wenig beruhigter beendete ich das Gespräch. Ich kaufte ein, und als ich zu Hause ankam, wartete Simon bereits auf mich.

Während ich die Soße für die Pasta vorbereitete, berichtete ich vom Anschlag auf Kosmos Leben.

»Hast du mal mit ihm geschlafen?«, fragte Simon plötzlich.

»Ich dachte, das wüsstest du«, entgegnete ich verblüfft.

»Du hast nur gesagt, dass du ihn nicht liebst«, erinnerte er sich. »Du bist aber keine Frau, die nur mit Männern schläft, die sie liebt. Du machst eher das Gegenteil.«

»Wie meinst du das?«

»Ich glaube, du kannst es besser genießen, wenn dein Sexualpartner nicht dein Freund ist.«

Ich spürte die Unmutsfalte auf meiner Stirn.

»Und weshalb habe ich mit dir geschlafen? Weil du mein Feind bist?«

»Weil ich dir eigentlich gleichgültig bin.«

»Hör zu, Bator«, sagte ich. »Ich habe keine Lust auf die Psycho-Nummer. Nimm mich so, wie ich bin. Wenn du das nicht kannst, lass uns den Schalter wieder auf null zurückdrücken.«

Ich schmeckte die Tomatensoße ab, salzte kräftig nach, zerrieb eine getrocknete Chilischote zwischen meinen Fingern und warf sie hinein. Die verdammte Soße sollte ihm Mund und Magen verbrennen!

»Tut mir Leid«, sagte er leise.

Das Sugo köchelte im Topf, ab und zu hüpfte ein Spritzer auf die Küchenplatte. Ich stellte die Flamme kleiner.

»Würdest du die Soße abschmecken?«, bat ich scheinheilig und reichte ihm einen Löffel.

Arglos probierte er. Nach einigen Augenblicken stockte ihm der Atem. »Verdammt scharf«, keuchte Bator.

Ich lächelte nur. »Aber noch nicht scharf genug!«

»Danke für den Hinweis.« Er griff unter meinen Rock, hob mich hoch und setzte mich auf die Arbeitsplatte.

Nur unterhalten

Kosmo lag blass in seinen Kissen. Er hatte sich nach der Entgiftung überraschend schnell erholt – seine körperliche Kondition war bestens.

»Ich weiß, dass du mich nicht mehr sehen willst«, begann ich etwas stotternd mit meiner Rede. »Ich bin trotzdem gekommen. Aber ich gehe sofort wieder – du musst es nur sagen. Also – was soll ich tun?«

Kosmo seufzte. »Du darfst bleiben, Grappa.«

Ich setzte mich auf das Bett, griff nach seiner Hand. »Was ist passiert? Wer hat dir das angetan?«

»Ich weiß es nicht. Würdest du mir etwas Wasser geben? Ich soll viel trinken.«

Ich reichte ihm das Glas.

»Ich kann mich nicht an viel erinnern«, sagte der Callboy.

»Warst du mit jemandem verabredet?«

»Mit Miel.«

»Ich habe doch gesagt, dass du vorsichtig sein sollst!«, rief ich aus.

»Sie hat nichts damit zu tun«, behauptete er. »Sie war bereits wieder weg. Das Letzte, an das ich mich erinnern kann, ist, dass sie gegangen ist.«

»Wer ist sie?«

»Sie ist sehr nett und wir haben uns unterhalten.«

»Nur unterhalten?«

»Nur unterhalten.«

»Worüber?«

»Über den Tod von Buffalo.«

»Was weiß sie?« Ich wurde ungeduldig.

»Sie glaubt, dass ihr Ehemann der Mörder ist.«

Ich atmete durch. Endlich kam Bewegung in die Sache. »Hat sie Beweise?«

»Nein. Sie hat aber herausbekommen, dass ihr Mann sie überwachen lässt. Durch einen Privatdetektiv. Rate mal, wen?«

»Wenn du mich so fragst, kann es sich ja nur um Arco Blum handeln, diesen Widerling.«

»Gut kombiniert, Grappa. Und jetzt rate mal, wer der Ehemann von Miel ist?«

»Dirk Jesberg.«

»Ich hatte es sofort vermutet, als du mir gesagt hast, dass er Buffalos Handynummer kannte.«

»Nun kann er sich nicht mehr herausreden, dass er Buffalo zufällig angerufen hat«, triumphierte ich. »Jetzt wissen wir, dass seine Frau tatsächlich Kundin bei Buffalo war. Darf ich es Brinkhoff sagen?«

»Er weiß es schon«, antwortete Kosmo. »Er hat mich heute früh vernommen. Ich habe ihm alles erzählt. Wirklich alles.«

Wir plauderten noch ein bisschen, dann verabschiedete ich mich. Ich war froh, dass Kosmo wieder mein Freund war.

Im Auto rief ich Hauptkommissar Brinkhoff an.

»Was unternehmen Sie gegen Jesberg?«, wollte ich wissen.

»Wir ermitteln.«

»Er muss der Mörder sein! Seine Frau war Buffalos Kundin und er hat bestimmt auch den Mordanschlag auf Kosmo auf dem Gewissen.«

»Wir haben keine Beweise. Er hat ein Alibi und Herr Schmitz hat keine Erinnerung mehr an den Hergang der Tat. Außerdem gibt es da noch den zweiten Toten. Warum sollte Jesberg diesen Turbo töten? Er kannte ihn nicht und seine Frau hatte auch nichts mit ihm zu tun.«

»Da haben Sie Recht«, stellte ich resigniert fest.

»Wir werden Herrn Jesberg natürlich mit den neuen Vorwürfen und der Aussage seiner Ehefrau konfrontieren«, kündigte der Hauptkommissar an. »Ich verspreche mir aber nicht sehr viel davon.«

Zu viele Emotionen

Als ich das Verlagshaus betrat, teilte mir der Pförtner mit, dass ich mich sofort bei Herrn Jesberg melden sollte.

»Ich habe noch einmal über Ihren Auftritt neulich nachgedacht, Frau Grappa. Und ich bin zu dem Schluss gekommen, dass ich mir das alles nicht länger von Ihnen bieten lassen muss«, sagte Jesberg hart.

»Was soll das heißen?«

»Ich beurlaube Sie mit sofortiger Wirkung. Der Brief der Personalabteilung wird folgen. Packen Sie Ihre Sachen!«

»Sie sind ein Schwein!«, urteilte ich.
»Und Sie sind eine Judenhure!«
»Was sagen Sie?« Vor Empörung blieb mir fast die Luft weg.
»Ist Herr Bator nicht jüdischen Glaubens?«
Stumm vor Wut verließ ich Jesbergs Büro, schaffte es gerade noch in mein Zimmer, wo ich in Tränen ausbrach.
Ich muss raus hier, dachte ich, sonst passiert noch was. Ich packte ein paar Sachen ein, wollte noch Dateien aus meinem persönlichen Register im Computer löschen, konnte mich aber schon nicht mehr einloggen. Jesberg hatte mir bereits den Zugang entziehen lassen. Auch egal.
Auf der Treppe begegnete mir der Redaktionsbote Herr Klump.
»Hallo, schöne Frau«, sagte er. »Sonniger Tach heute, was? Viel zu schön, um in diesem Haus hier zu verkümmern, was?«
»Wie Recht Sie haben, Klümpchen«, seufzte ich. »Deshalb verschwinde ich auch jetzt. Um Sonne zu tanken.«
Als ich in meinem Auto saß, klingelte mein Handy. Es war Simon Bator.
»Bist du draußen?«, fragte er.
»Und wie!«, sagte ich.
»Ich meine – vor der Tür.«
»Allerdings.«
»Grappa! Ich habe alles mitgehört.«
»Ach ja.« Ich hatte die Wanzen in Jesbergs Büro ganz vergessen.
»Bist du traurig?«
»Nein. Nur unglaublich wütend.«
»Soll ich zu dir kommen?«
»Nein. Ich will allein sein.«
»Wenn du meinst.«
»Simon?«
»Ja?«
»Ich will ihn fertig sehen. Und zwar filetiert auf einem Silbertablett. Kannst du das einrichten?«

Gestörter Frieden

Gegen Mittag des nächsten Tages rief mich Frank Foster an. Jesberg hatte während der Konferenz verkündet, dass ich mit sofortiger Wirkung beurlaubt sei. Als Grund habe er eine »tief greifende Störung des Betriebsfriedens« angegeben. Dies war ein Fachausdruck aus dem Arbeitsrecht. Es lief also alles auf meine Kündigung hinaus.

»Was ist passiert?«, wollte Frank wissen.

»Nicht viel«, antwortete ich. »Ich habe ihn Schwein genannt und er hat mich als Judenhure bezeichnet.«

»Wieso Judenhure?«

»Weiß ich auch nicht.« Ich hatte keine Lust, Foster alles auf die Nase zu binden.

»Was willst du tun, wenn er dich rausschmeißt?«

»Was willst du tun, wenn er dich rausschmeißt«, äffte ich ihn nach. »Was wohl? Ich gehe vors Arbeitsgericht, und wenn's schief geht, suche ich mir einen neuen Job.«

»Als was?«

»Als was wohl? Als Raumfahrerin oder Eisschnellläuferin. Vielleicht werde ich auch Mathematik-Professorin oder Schönheitschirurgin.« Seine blöde Fragerei ging mir auf die Nerven.

»Sorry«, meinte Frank zerknirscht. »Ich kann ja verstehen, dass du geschockt bist.«

»Du kannst aber auch Fragen stellen«, empörte ich mich. »Ich habe jahrelang als freie Mitarbeiterin gearbeitet – das kann ich auch wieder tun. Vielleicht verbünde ich mich auch mit Peter Jansen und wir heizen dem *Tageblatt* so richtig schön ein!«

»Stell dir das nicht so einfach vor, Grappa«, machte Foster meine Pläne madig. »Der Markt ist ziemlich dicht. Außerdem bist du schon über vierzig.«

»Ich stecke jedes 25-jährige Huhn in die Tasche«, klärte ich ihn auf. »Auch wenn ich nicht blond bin und keine Modelmaße habe.«

»Das will ich ja gar nicht bestreiten. Ich will dich ja nur davor warnen, dir falsche Vorstellungen vom Arbeitsmarkt da draußen zu machen.«

»Pass mal auf, du Spaßbremse«, blaffte ich. »Du musst mir das Leben nicht erklären. Und jetzt: Ciao.«

Wütend knallte ich den Hörer auf. Der Tag fängt ja wieder heiter an, dachte ich, alle glauben, sie können auf mir herumhacken – sogar meine Freunde.

Ich nahm ein ausgedehntes Schönheitsbad, frottierte mich mit angewärmten Tüchern ab, verwöhnte meinen Körper mit einer teuren Body-Creme, zupfte mir die Augenbrauen, entfernte die Haare von meinen Beinen und stellte mich auf die Waage. Erfreut bemerkte ich, dass ich sechs Pfund abgenommen hatte. Der Stress mit Nazi-Jesberg hatte an meinem Gewicht gezehrt.

Um nicht vom Fleisch zu fallen, rief ich den Pizzaservice an und bestellte eine *Diabolo* mit einer doppelten Portion Peperoni. Nachdem ich ausführlich gespeist hatte, suchte ich aus dem Telefonbuch die Privatnummer von Dirk Jesberg heraus.

Ich fand sie, atmete ein paar Mal durch und wählte. Insgeheim hoffte ich, dass sich niemand melden würde, doch ich wurde enttäuscht.

»Anna Jesberg!«

»Hier ist Maria Grappa«, begann ich. »Ich bin eine Kollegin Ihres Mannes.«

»Und?«, kam es abwartend.

»Ich möchte Sie gern sprechen«, erklärte ich.

»Können Sie mir sagen, um was es geht ...?«

»Es geht um Ihre Beziehung – zu Ihrem Mann und zu Manfred Moor.«

»Moor?«

»Sie kennen ihn unter dem Namen Buffalo.«

»Ach so«, sagte Anna Jesberg. »Warum sagen Sie das nicht gleich. Wo und wann?«

»Wo Sie wollen.«

»Kennen Sie das Tropenhaus im Zoo?«

»Im Zoo?«

»Ja. Da kann man wunderbar spazieren gehen. Es gibt auch ein Café dort. Gleich, um 16 Uhr?«

»Gern«, stimmte ich verblüfft zu. »Um 16 Uhr. Wo genau?«

»Am Becken mit den Alligatoren.«

»Das passt ja prima. Ich werde pünktlich sein. Bis dann.«

Ich hatte mit mehr Schwierigkeiten gerechnet. Die Frau, die als ›Miel‹ die Dienste von Callboys in Anspruch nahm, schien supercool zu sein.

Schwüle Hitze

Die schwüle Atmosphäre des Amazonashauses war den Lebensbedürfnissen der Dschungelpflanzen angepasst. Mich traf die feuchte Wärme wie ein Keulenschlag. Überall Grün, Wasser perlte von Orchideen und Bromelien, ab und zu glühte eine knallbunte Blütenrispe über dem gepflasterten Weg.

Ich folgte dem Hinweisschild zum Alligatorenbecken. In einem gefliesten Rund lümmelte sich die Riesenfressmaschine. Das Reptil schien einige Jahrzehnte auf dem gepanzerten Buckel zu haben. Seine Augen waren halb offen, es schien zu dösen und wenig hungrig auf frisches Menschenfleisch zu sein.

Ich lauschte nach dem Geräusch von Schritten. Nichts, ich hörte nur das Zwitschern von Vögeln, die in einer benachbarten Voliere für Urwaldfeeling sorgen sollten.

Vor dem Bassin mit der Echse stand eine Metallbank. Sie war nicht mehr ganz frisch, an manchen Stellen hatte der Lack der ständigen Feuchtigkeit nicht getrotzt und Rost angesetzt.

Ich setzte mich dennoch, behielt den Alligator im Blick. Jetzt hatte das Tier die Augen geschlossen. Ich griff nach einem kleinen Kieselstein und warf ihn ins Becken. Die Echse reagierte blitzartig, ihr Körper bäumte sich auf und ihr riesiges spitzzähniges Maul schnappte in die Luft. Der Sand stob auf und Wasser spritzte. Dann kehrte wieder Ruhe ein. Das Tierchen wäre das richtige Geschenk für Jesberg, dachte ich grimmig.

»Manchmal trügt der Schein«, sagte eine Stimme hinter mir. Ich fuhr herum.

Vor mir stand keine Frau, sondern Thimo Krause, der Lehrling aus dem Bierstädter Zoo, der nächtens die Tierkäfige öffnete.

»Das ist eine Überraschung!«, stellte ich verdattert fest.

»Ich soll Sie abholen«, erklärte er. »Sie sind doch mit Anna Jesberg verabredet, oder?«

Ich staunte wieder. »Woher wissen Sie das?«

»Kommen Sie.«

Er führte mich ein paar Wege weiter, dann standen wir vor einer Glaswand, hinter der sich das Café befand. Es waren nur wenige Gäste darin.

Ich erkannte Anna Jesberg sofort, obwohl sie mit dem Rücken zu mir saß. Und ich verstand plötzlich, warum Thimo Krause aufgetaucht war. Anna Jesberg war die Frau auf Big Mäcs Foto, das Thimo im Gespräch mit einer Unbekannten zeigte. Auch heute trug Anna Jesberg einen dicken, blonden Zopf, der ihr auf den Rücken fiel.

»Wir sind da«, bemerkte der junge Mann. »Ich lasse Sie beide jetzt allein, ich muss wieder zur Arbeit.« Er verschwand.

Ich trat durch die Tür, Anna Jesberg hob den Kopf. Vor mir saß eine Frau, die etwa im gleichen Alter wie ich war. Die Augenfarbe passte zu ihrer honigblonden Frisur: graugrün. Sie war kaum geschminkt, nur ein wenig Lipgloss und Wimperntusche. Sie trug ein schlicht geschnittenes, mittelblaues Kostüm.

»Hallo«, sagte sie und lächelte. »Tut mir Leid, dass ich nicht zum Alligatorenbecken gekommen bin. Aber ich musste sicher sein, dass mein Ehemann nicht dort auftaucht.«

»Wieso sollte er?«, fragte ich überrascht.

»Er ist ein Meister des Lauschangriffs«, erklärte sie, ohne ihre Stimmlage zu verändern. »Er hört gern Telefonate ab. So ist er auch hinter meine Freundschaft zu Buffalo gekommen.«

Ich setzte mich. Sie kommt gleich zur Sache, dachte ich, das gefällt mir.

Die Bedienung fragte nach meinen Wünschen, ich bestellte einen Milchkaffee.

»Der junge Mann, der mich hierher geführt hat – welche Verbindung haben Sie zu ihm?«

Anna Jesberg lächelte. »Eine sehr enge. Er ist mein Sohn.«

»Ihr Sohn?«

»Ja. Mein Sohn.« Sie legte die Betonung auf das Personalpronomen.

»Aber er heißt Krause!«

»Ich hieß auch mal Krause.«

»Jesberg ist ihr zweiter Mann?«

»Nein, mein Mädchenname ist Krause.«

Der Milchkaffee wurde auf den Tisch gestellt.

»Ich habe viele Fragen«, sagte ich. »Ich weiß gar nicht, wo ich anfangen soll.«

»Wir haben Zeit.«

Anna Jesberg war nicht die Spur aufgeregt. Sie hatte eine angenehme Stimme und eine zugängliche Art. Ich begann zu verstehen, warum Kosmo nach dem Telefongespräch mit ihr so angetan gewesen war.

»Warum sind Sie zu Buffalo gegangen?«

»Warum wohl?« Sie lachte. »Jesberg hat kein Interesse an mir und meinem Körper. Aus gesellschaftlichen Gründen wollten wir unsere Ehe allerdings aufrechterhalten. Da ich Sex brauche, habe ich das getan, was viele Frauen tun sollten – ich habe mir einen Lover angeschafft.«

»Warum hat Jesberg kein Interesse an Ihnen?«

»Das wissen Sie nicht? Seine sexuellen Neigungen beziehen sich nicht auf Frauen.«

»Was? Er hasst Schwule. Es vergeht kein Tag, an dem er keine abfälligen Bemerkungen über sie macht. Er hat sogar eine Berichterstattung über eine Coming-out-Gruppe verhindert!«

»Er hätte lieber Mitglied in dieser Gruppe werden sollen. Das hätte ihn vielleicht befreit.«

»Hat er einen festen Freund?«

»Aber nein. Er sucht sich seine Abenteuer in seinen Nazikreisen. Oder fährt nach Holland und klappert dort die Bahnhöfe ab.«

»Ich fasse es nicht«, wunderte ich mich. »Jedem würde ich es zutrauen, aber nicht Dirk Jesberg.«

»Das Phänomen ist eigentlich bekannt«, erklärte sie. »Jedem so genannten normalen Mann sind Schwule eigentlich ziemlich egal. Er kann sie akzeptieren, weil sie keine Konkurrenz für ihn sind. Je schlimmer die Hasstiraden, desto größer ist die Nähe zu dieser Szene.«

»Warum glauben Sie, dass Ihr Mann Buffalo getötet hat?«

»Weil Dirk ihn bedroht hat. Anrufe mit Beschimpfungen, anonyme Briefe. Vor zwei Monaten ist Buffalo überfallen und zusammengeschlagen worden.«

»Jesberg hat ein Alibi.«

»Ich weiß. Arco Blum lügt.«

»Es gibt keine Beweise dafür.«

»Nein. Mein Mann bezahlt ihn gut.«

»Vielleicht hat er es nicht selbst getan, sondern einen Killer engagiert.«

»Nein, unmöglich. Ich kenne Dirk. Die ganz wichtigen Dinge erledigt er selbst.«

»Es passt alles nicht«, grübelte ich. »Da ist der Mord an Turbo, der Anschlag auf Kosmo. Wer soll das denn dann gewesen sein?«

»Mein Ehemann«, behauptete Anna Jesberg.

»Was sollte er für ein Motiv haben?«

»Er will vorgaukeln, dass ein psychopathischer Serientäter am Werk ist …«

»Er kannte Turbo doch gar nicht!«

»Doch. Buffalo hat Turbo zu ihm geschickt.«

»Verstehe ich nicht.«

»Jesberg hat Buffalo verprügeln lassen. Buffalo wollte sich rächen und hat seinen Freund Turbo gebeten, Dirk ein bisschen einzuheizen. Und das hat er auch getan.«

»Und die Inszenierung mit den Federn? Woher hat Ihr Mann diese Droge, mit der Buffalo und Turbo umgebracht worden sind?«

»Die Federn sollten die Ermittler auf eine falsche Spur bringen. Die Droge bringt er sich aus Amsterdam mit.«

»Kosmo lebt aber noch. Und wie konnte Ihr Mann wissen, dass Sie an jenem Abend ein Treffen mit Kosmo vereinbart hatten?«

»Ich wurde von einer grünen Limousine verfolgt.«

»Das war Blum.«

Ich trank meinen Kaffee aus. Mich fröstelte. Anna Jesberg wirkte überzeugend. Aber wo waren die Beweise?

»Sie sollten mit der Polizei sprechen«, schlug ich vor.

»Das habe ich auch vor«, meinte sie.

»Das ist gut. Vielen Dank auf jeden Fall, dass Sie mir alles so freimütig erzählt haben.«

»Ich bin dabei, mein Leben in Ordnung zu bringen. Kein Versteckspiel mehr, keine Tarnung, keine Lügen. Ich werde mich von Dirk trennen – und zwar sehr bald. Und anders, als er denkt.« Sie schaute mich an und lächelte versonnen.

»Wie konnten Sie es so lange bei ihm aushalten?«

»Ich habe gedacht, dass es irgendwie geht. Er lebte sein Leben, ich ging meiner Wege. Erst als Dirk herausbekam, dass ich mir mein Recht auf ein Sexualleben nicht nehmen lassen wollte, reagierte er. Und zwar heftig.«

»Wissen Sie eigentlich, dass er politisch weit rechts steht? Dass er vielleicht hinter Anschlägen auf Antifaschisten steckt? Dass er dabei ist, das *Bierstädter Tageblatt* zu ruinieren?«

»Ich habe mich aus seinem Beruf immer herausgehalten«, erklärte Anna Jesberg. »Auch mit Politik will ich nichts zu tun haben. Es reicht mir schon, dass er vermutlich ein Mörder ist.«

Mehr war nicht aus Anna Jesberg herauszubekommen.

Vielleicht das eine noch: »Warum lässt Ihr Sohn die Tiere aus dem Zoo frei?«

»Er ist ein bisschen neurotisch. Seine Aktionen sind so eine Art Therapie. Thimo war einige Monate in psychologischer Behandlung. Jetzt lebt er seit einem halben Jahr in einer therapeutischen Wohngemeinschaft.«

»Er ist ein netter Junge«, sagte ich.

»Thimo hat es Ihnen hoch angerechnet, dass Sie ihn nicht verraten haben«, erklärte sie. »Das war auch der Grund, warum ich zugestimmt habe, mich mit Ihnen zu treffen, Frau Grappa.«

»Sagen Sie ihm trotzdem, dass er die Tiere in ihren Käfigen lassen soll«, riet ich. »Irgendwann fliegt alles auf – und sein Ausbildungsplatz ist futsch.«

»Das macht nichts«, sagte sie lächelnd. »Thimo muss lernen, sich den Realitäten zu stellen. Außerdem würde er mit einer Geldstrafe davonkommen. Ich habe ihm geraten, schon mal ein paar Mark zurückzulegen – für den Fall der Fälle.«

»Sie sind ziemlich cool.«

Anna Jesberg lachte. »Das war nicht immer so. Aber ein paar Jahre an Jesbergs Seite härten ab. Da bleiben nur Selbstmord oder Selbstpanzerung.«

Fundsachen

Auf dem Weg nach Hause verfolgte mich der grüne Wagen wieder. Arco Blum war also noch immer im Spiel. Jetzt würde Jesberg wissen, dass ich mich mit seiner Frau getroffen hatte.

Ich überlegte, ob ich sie warnen sollte, verwarf den Gedanken aber wieder. Um Blum abzuschütteln, bog ich in die Straße ein, in der das Polizeipräsidium lag. Vorher hatte ich per Handy geklärt, ob Hauptkommissar Anton Brinkhoff an Bord war. Bis auf die Flure des Polizeihauptquartiers würde mir der elende Privatschnüffler wohl nicht folgen.

Brinkhoff war gut gelaunt. Ich berichtete von meinem Treffen mit Jesbergs Frau. Sie hatte tatsächlich schon für den nächsten Tag einen Termin mit Brinkhoff ausgemacht.

»Wenn sie das, was sie Ihnen erzählt hat, unterschreibt, dann haben wir genug Verdachtsmomente, um uns Jesberg noch einmal vorzunehmen«, freute sich der Hauptkommissar.

Ich blickte aus dem Fenster. Der grüne Wagen wartete unten auf mich.

»Sehen Sie das Auto da?«, fragte ich Brinkhoff. »Das ist Arco Blum. Er verfolgt mich, seit ich mich von Frau Jesberg verabschiedet habe.«

»Wollen wir ihm mal einen Schrecken einjagen?«

»Aber immer.«

Brinkhoff griff zum Telefon und gab ein paar Anweisungen. Ich verabschiedete mich.

Als ich bei meinem Cabrio angekommen war, konnte ich beobachten, dass sich zwei Polizisten dem Gefährt des Detektivs näherten. Sie veranlassten ihn auszusteigen und verlangten wohl die Papiere, denn Blum griff in seinen Mantel und suchte etwas.

Als ich auf seiner Höhe vorbeifuhr, hupte ich. Grinsend zeigte ich dem Detektiv den Stinkefinger.

Ich fuhr nicht gleich nach Hause, sondern genehmigte mir ein Sonnenbad im Garten des Rathauscafés. Mit einem Glas Prosecco in der Hand beobachtete ich die Menschen, die vorüberzogen.

Sie schienen heiter und friedvoll zu sein, dunkelhäutige Frauen mit hellhaarigen Männern schoben Kinderwagen, junge Leute mit schwarzen, blonden und grünen Haaren übten Kunststücke auf rollenden Brettern und ein asiatisches Kind kämpfte am Nebentisch mit einem Rieseneisbecher. Mir fiel die Parole *Deutschland den Deutschen* ein und ich hätte fast laut aufgelacht über die unglaubliche Dummheit dieser Aussage.

Ich zog los und kaufte mir ein feuerrotes Sommerkleid mit tiefem Ausschnitt. Ich ließ es gleich an.

Mit offenem Verdeck fuhr ich nach Hause. Der Sommerwind streichelte meine nackte Haut, mein halblanges Haar flatterte mir ins Gesicht. Irgendwie wird es weitergehen mit dir, dachte ich. Nur wie?

Zu Hause angelangt, zog ich das neue Kleid wieder aus und begann die Wohnung aufzuräumen. Ich überlegte, ob ich Simon Bator anrufen sollte, entschied mich dann aber dagegen. Er war so schrecklich kompliziert.

Der Hausputz war mir noch nie flugs von den Fingern gegangen. Als ich schließlich das Ledersofa beiseite rückte, um darunter den Staub zu entfernen, geriet ich mit dem Besen an das Metallgestell des Möbels. Etwas fiel zu Boden. Ich erkannte sofort, was es war: ein kleines Mikro, eines jener Sorte, mit der ich Jesbergs Büro im Auftrag von Bator überreichlich bestückt hatte.

Überrascht ließ ich mich aufs Sofa fallen, das Mikro in den Händen.

Als ich mich von dem Schock erholt hatte, begann ich, die Wohnung Zentimeter um Zentimeter abzusuchen. Ich entdeckte noch drei weitere Wanzen – unter anderem eine im Schlafzimmer unter dem Bett.

Diesen Raum hatte außer mir nur einer betreten: Simon Bator. Er musste der Spion sein!

Ich nahm die vier Mikrofone, packte sie in einen gefütterten Briefumschlag, legte meine Visitenkarte dazu und beschriftete das Kuvert mit Bators Namen und Hotel-Adresse. Dann warf ich den Umschlag in den Briefkasten, der meinem Haus gegenüber lag. Er würde heute Abend noch geleert werden.

Wieder in der Wohnung überfiel mich die Enttäuschung wie eine Welle. Das war's dann wohl, dachte ich traurig, Vertrauensbruch und Verrat sind das Schlimmste, was einer Freundschaft passieren kann. Von einer Liebe ganz zu schweigen.

Den Rest des Abends vertrödelte ich. Obwohl das Telefon mehrmals schellte, hob ich den Hörer nicht ab. Der Anrufer wartete jedes Mal so lange, bis der Anrufbeantworter ansprang, und legte dann auf. Erst beim letzten Mal sprach jemand aufs Band. Es war Bator, der sich nach meinem Befinden erkundigte und um einen Rückruf bat.

Du kannst mich mal, dachte ich.

Betriebsfrieden

Völlig zerschlagen erwachte ich. Ich kochte eine große Kanne Kaffee, schaute auf meinen Terminkalender. Um 11.30 Uhr wollte ich zum Anwalt, der gegen meine Beurlaubung arbeitsrechtlich vorgehen sollte. Der Brief von der Personalabteilung des Verlages war inzwischen eingetroffen. Man warf mir ›Störung des Betriebsfriedens‹ vor und sprach eine fristgerechte Kündigung aus. Für den Fall einer gerichtlichen Klärung – falls ich sie anstreben sollte – würde man meine Beurlaubung aufrechterhalten, außerdem war es mir verwehrt, das Redaktionsgebäude ohne Voranmeldung bei Herrn Jesberg zu betreten.

Schöne Scheiße, dachte ich. Gleichzeitig aber spürte ich Erleichterung darüber, mich Jesberg nicht mehr unterordnen zu müssen.

Nach dem Frühstück informierte ich Peter Jansen über die neuesten Entwicklungen.

»Dein Freund Bator hat übrigens meine Wohnung verwanzt«, erzählte ich. »Kannst du mir sagen, warum er so was tut?«

»Wieso bist du so sicher, dass er es war?«

»Ich weiß es eben.«

»Hat er es zugegeben?«

»Natürlich nicht.«

»Ich kann mir nicht vorstellen, dass er so etwas macht«, verteidigte Jansen seinen Bekannten.

»Bator kennt sich bestens mit Lauschangriffen aus«, bestand ich auf meiner Meinung.

»Hat Kosmo nicht ein paar Tage bei dir gewohnt? Vielleicht war er es.«

»Warum sollte er? Er hat kein Motiv. Nein, das ist ausgeschlossen.«

»Und was sagt Simon dazu?«, fragte Jansen.

»Keine Ahnung. Interessiert mich auch nicht. Ich habe die Wanzen in einen Umschlag gesteckt und ihm zugeschickt.«

»Mein Gott, Grappa«, stöhnte Jansen. »Du hättest mit ihm reden sollen! Kannst du nicht erst denken, bevor du handelst?«

»Ich habe nachgedacht.«

»Das merke ich«, sagte Jansen ironisch. »Ich hatte eigentlich das Gefühl, dass ihr beiden euch näher gekommen wärt.«

»Da irrst du«, log ich und wurde prompt rot.

»Na ja«, meinte Jansen lächelnd. »Hoffentlich behält wenigstens Brinkhoff die Nerven – und zieht Jesberg aus dem Verkehr.«

»Frau Jesberg müsste eigentlich gerade bei ihm sein.«

Ich war froh über den Themenwechsel. »Ich werde Brinkhoff gleich anrufen und mich dann bei dir melden.«

»Okay, Grappa. Und – darf ich dir einen Rat geben?«

»Wenn es sein muss …«

»Du solltest anfangen, deinen Freunden zu vertrauen.«

»Das tue ich doch. Und zwar immer wieder. Und ich kriege immer wieder eine in die Fresse.«

Frustriert wählte ich Brinkhoffs Nummer. Hoffentlich hatte er eine positive Nachricht für mich. Ich fragte ihn nach Anna Jesbergs Aussage.

»Frau Jesberg ist nicht bei mir gewesen«, teilte der Hauptkommissar mit.

»Das kann doch nicht wahr sein!«, rief ich. »Ich werde versuchen, sie aufzutreiben.«

Nachdem ich vergeblich versucht hatte, Anna Jesberg telefonisch zu erreichen, machte ich mich ausgehfertig, verließ das Haus, stieg ins Auto und nahm die Straße in den Bierstädter Süden.

Terminänderung

Das Ehepaar Jesberg bewohnte ein riesiges villenähnliches Haus mit dunkelgrauem Putz. Im Vorgarten tummelten sich mannshohe Rhododendronbüsche auf hellgrünem gepflegtem Rasen, dazwischen Beetrosen in Gelb und Pink.

Ich peilte die Lage. Hinter den Fenstern war niemand zu sehen, vor dem Haus parkte kein Auto, das ich kannte.

Jesberg war bestimmt in der Redaktion.

Ich stellte mein Cabrio am Straßenrand ab, ließ es aber unverschlossen, um rascher Land gewinnen zu können.

Schnellen Schrittes stürmte ich auf die Tür zu, klingelte energisch und wartete. Nichts geschah.

Ich versuchte es noch einmal und wieder rührte sich nichts.

Ich trat den Rückweg an, schlug die Route zur Nachbarvilla ein und schellte dort. Ein Hund schlug an, dann wurde die Tür geöffnet.

»Ja?«, fragte eine Frau, die sich die Hände an der Schürze abwischte.

»Ich war mit Frau Jesberg verabredet«, erklärte ich. »Aber es scheint ihr irgendetwas dazwischengekommen zu sein. Haben Sie vielleicht eine Idee, wo sie sein könnte?«

»Keine Ahnung. Ich spioniere meinen Nachbarn nicht nach«, ließ sie mich abblitzen.

»Ich dachte nur, Sie hätten vielleicht etwas bemerkt.«

»Rufen Sie doch ihren Mann an«, riet sie mir. »Er weiß vielleicht, wo sie ist. Er arbeitet bei der Lokalzeitung.«

»Das werde ich tun«, nickte ich.

Die Tür schlug zu. Nachdenklich ging ich zu meinem Auto. Ich hatte gar kein gutes Gefühl.

Ich rief in der Redaktion an und verlangte Frank Foster.

»Ist Jesberg da?«, wollte ich wissen.

»Nein. Er hat heute Termine außerhalb. Morgen ist er allerdings voll am Ball. Wegen der Neonazidemo. Du bist ja jetzt für die Berichterstattung ausgefallen. Wie geht's dir eigentlich? Wir sollten uns mal treffen.«

»Das können wir«, meinte ich abwesend. »Ich ... verdammt!« Siedend heiß fiel mir ein, dass ich meinen Anwaltstermin vergessen hatte. Jetzt war es auch egal.

»Was ist?«

»Nichts von Bedeutung. Ich ruf dich an. Okay?«

Es blieb noch eine Möglichkeit. Ich wählte die Nummer des Bierstädter Zoos und fragte nach Thimo Krause. Ich erfuhr, dass der Azubi nicht zur Arbeit erschienen war und sich auch nicht entschuldigt hatte.

Das sieht nicht gut aus, dachte ich und mich beschlich ein sehr ungutes Gefühl.

»Ich kann Frau Jesberg nicht finden«, teilte ich Hauptkommissar Brinkhoff mit. »Der Sohn ist nicht zur Arbeit erschienen und Jesberg nicht in der Redaktion. Und in der Villa der Familie rührt sich nichts. Ich mache mir ernstliche Sorgen!«

»Das sieht wirklich nicht gut aus«, meinte der Kripomann.

»Können Sie nicht irgendetwas tun? Eine Fahndung herausgeben?«

»Wie stellen Sie sich das vor, Frau Grappa? Nur weil Frau Jesberg eine Aussage bei mir machen wollte? Vielleicht hat sie es sich anders überlegt.«

»Quatsch! Da steckt Jesberg hinter!«

»Alles ist möglich«, gab der Hauptkommissar zu. »Doch für eine Fahndung ist es zu früh. Wir müssen uns noch ein paar Tage gedulden.«

»Die Frau könnte aber in Gefahr sein!«

»Wir haben nichts als vage Vermutungen«, stellte Brinkhoff fest. »Mir sind die Hände gebunden. Ich werde aber eine Polizeistreife bitten, heute mehrmals am Haus der Jesbergs vorbeizufahren und zu schauen, ob sich etwas tut. Mehr kann ich nicht tun.«

Gespräch unter Männern

Der Tag hatte noch mehr Überraschungen auf Lager. Ich war gerade wieder in meiner Wohnung angelangt, als Peter Jansen anrief.

Ich wollte ihm sofort die Neuigkeiten mitteilen, doch er wehrte ab: »Ich bin gleich bei dir, Grappa. Setz schon mal eine Kanne Kaffee auf.«

Zehn Minuten später klingelte es. Ich drückte die Tür auf.

Peter Jansen war mal wieder nicht allein, er hatte Simon Bator mitgebracht. Meine Laune wurde schlechter, als sie bereits gewesen war, und sie war ziemlich schlecht.

»Ich hasse es, mit Personen konfrontiert zu werden, die sich nicht angekündigt haben«, giftete ich und guckte Bator an. »Und ich hasse Menschen, die mich hintergehen.«

»Mach nicht so ein Theater, Grappa«, blaffte mich Jansen an. »Hättest du Simon reingelassen, wenn du gewusst hättest, dass er dich sehen will?«

»Nein, natürlich nicht. Mit bestimmten Personen habe ich abgeschlossen. Und zwar für immer.«

»Ich habe deine Post bekommen«, mischte sich Simon Bator ein. »Es wäre mir lieber gewesen, du hättest mir die Wanzen persönlich übergeben. Dann hätte ich dir alles erklären können.«

»Dann gibst du also zu, dass du mich ausspioniert hast?«, zischte ich.

»Zu deinem eigenen Schutz«, behauptete Bator.

»Das ist ja ungeheuerlich!«, rief ich aus.

»Nun versteh doch!« Bator ging unruhig im Zimmer auf und ab. »Ich musste wissen, was du tust, mit wem du sprichst, wen du in deine Wohnung lässt. Diese Faschisten schrecken vor nichts zurück. Du hättest überfallen werden können oder getötet!«

»Und du hättest mich dann gerettet, oder was?«, höhnte ich. »Du bist ein verdammter Verräter und ein mieser Spion, schlimmer als jeder Geheimpolizist auf dieser Welt …« Vor Wut blieben mir die weiteren Vergleiche im Hals stecken.

»Grappa! Du bist ungerecht und hysterisch«, versuchte Jansen meinen Aggressionsschub zu stören. »Simon hat es nur gut gemeint! Jetzt hör auf, hier herumzubrüllen! Wir haben Wichtigeres zu tun.«

»Und das wäre?«

»Wir wollen dir erzählen, warum Frau Jesberg keine Aussage gemacht hat«, sagte Simon Bator. »Was riecht hier eigentlich so gut? Könnte frischer Kaffee sein.«

»Du hast 'ne prima Spürnase«, stellte ich fest.

Bator folgte mir in die Küche, Jansen blieb im Wohnzimmer zurück.

Ich holte drei Becher aus dem Schrank. Bator stand vor dem Kühlschrank.

»Schwing deinen Body mal beiseite«, knurrte ich. »Ich will an die Milch. Und die steht im Kühlschrank.«

Er machte keine Anstalten, den Platz zu räumen.

»Erst, wenn du mir in die Augen siehst«, forderte er.

»Nein.«

»Grappa! Nur ganz kurz!«

Ich blickte ihn an. Er schien die ganze Sache überaus witzig zu finden, denn Schalk blitzte in seinen Augen.

»Na, siehst du. Es tut doch gar nicht weh«, lächelte er.

»Scheißkerl!«

Endlich ließ er mich an den Kühlschrank. Ich nahm die Tüte mit der Milch.

»Lass uns die Sache gut zu Ende bringen«, sagte Bator. »Es ist nämlich etwas Schlimmes passiert.«

Ich sah ihn fragend an.

»Jesberg hat Thimo Krause verschleppt, damit seine Frau nicht gegen ihn aussagt.«

»Was?« Fast wäre mir die Milchtüte aus der Hand gefallen. »Woher weißt du das?«

»Lass uns ins Wohnzimmer zurückgehen«, schlug Simon vor. »Wir müssen uns etwas ausdenken – und zwar schnell. Und ich möchte, dass du mir glaubst, dass ich die Wanzen in deiner Wohnung nur angebracht habe, um dich zu schützen. Meinst du, du kriegst das hin?«

»Mal sehen«, sagte ich knapp. »Aber das heißt nicht, dass wir fertig miteinander sind.«

»Das will ich hoffen«, lächelte er.

Wir setzten uns zu Jansen an den Esstisch.

»Also, dann erzählt mal«, bat ich.

»Jesberg hat die Wanzen in seinem Büro zum Glück noch nicht entdeckt«, begann Bator mit seinem Bericht. »Was mich, ehrlich gesagt, wundert. Aber viele Menschen glauben ja, dass sie mit den eigenen Waffen nicht zu schlagen sind. Ein Irrtum. Hast du den Rekorder, Peter?«

Ich registrierte nun, dass die beiden sich inzwischen duzten.

Jansen steckte eine Minikassette in das Gerät und startete. Auf dem Band war ein Gespräch zwischen Dirk Jesberg und seinem Schnüffler Arco Blum zu hören, das gestern Abend geführt worden war.

Jesberg: *»Ich sorge schon dafür, dass sie nicht plaudert.«*

Blum: *»Und wie willst du das machen? Bisher war dein Einfluss auf sie ja nicht gerade überzeugend.«*

Jesberg: *»Selbst wenn sie etwas gegen mich vorbringt – sie hat keine Beweise.«*

Blum: *»Aber wenn sie erst mal bei den Bullen war, wird wieder ermittelt. Und du weißt, wo ich an dem Abend wirklich war. Ich habe keine Lust wegen Falschaussage in den Knast zu wandern.«*

Jesberg: *»Hast du noch nicht genug Geld von mir gekriegt, du gieriger Drecksack?«*

Blum: *»Komm mir nicht so, Jesberg. Wenn ich auspacke, dann ist dein schönes Image im Arsch. Und du landest im Gefängnis. Und zwar lebenslänglich. Wir sitzen also in einem Boot, verdammt noch mal!«*

Jesberg: *»Ist ja gut. Klar, dass wir im selben Boot sitzen. Deshalb habe ich auch eine Lösung für unser Problem.«*

Blum: *»Und welche?«*

Jesberg: *»Thimo. Wenn sie Angst um ihr Goldstück hat, wird sie tun, was ich sage.«*

Blum: *»Du willst dem Knaben was antun?«*

Jesberg: *»Nein, nicht wenn sie die Klappe hält. Aber ich brauche deine Hilfe.«*

Blum: *»Vergiss es. Da will ich nicht mit reingezogen werden.«*

Jesberg: *»Dir bleibt aber keine Wahl, mein Bester. Ich schaffe dir den Jungen ran und du passt auf ihn auf. Nur kurze Zeit.«*

Blum: *»Wie soll das laufen? Etwa in meiner Wohnung?«*

Jesberg: *»Natürlich nicht. Ich bringe Thimo zum ›Patrioten-Treff‹. Da sucht ihn niemand.«*

Blum: *»Und wie lange willst du ihn festhalten?«*

Jesberg: *»Bis Anna zur Vernunft gekommen ist.«*

Blum: *»Was, wenn sie weiter Zicken macht?«*

Jesberg: *»Dann lass ich mir was anderes einfallen. Eine endgültige Lösung. Ich habe keine Lust, mir meine Arbeit in der Organisation kaputtmachen zu lassen. Schon gar nicht von ihr.«*

Blum: *»Du hättest dich mal früher um sie kümmern sollen. Dann wäre uns der Stress mit diesen Stechern erspart geblieben.«*

Jesberg: *»Hinterher ist man immer schlauer. Aber ich lasse mir nicht auf der Nase rumtanzen. Nicht von meiner Frau, nicht von diesem Muttersöhnchen, nicht von diesen Callboys, nicht von dieser hysterischen Grappa und auch nicht von dir. Denk dran!«*

Blum: *»Ich weiß, Jesberg. Du bist der Rächer der Enterbten, der Hüter der Moral und der einzige Deutsche, der diesen Namen wirklich verdient.«*

Jesberg: *»Deine Ironie kannst du dir sparen. Sie steht dir nicht. Außerdem bezahle ich dich zu gut, um mich von dir verarschen zu lassen.«*

Blum: *»Sorry, du hast Recht. Ich kümmere mich um den Bengel, damit du dich weiter um dein Pissblatt sorgen kannst. Und was ist danach?«*

Jesberg: *»Ich gehe ins Ausland. Und führe den Kampf von dort aus weiter. So lange, bis Deutschland ausländer- und judenfrei ist.«*

Hier brach die Aufzeichnung ab.

»Thimo ist also im *Patrioten-Treff*«, schloss ich messerscharf. »Wir müssen ihn da rausholen! Ich rufe Brinkhoff an. Wir können ihm ja sagen, dass wir einen anonymen Hinweis auf eine Entführung bekommen haben.«

»So könnte es vielleicht gehen«, nickte Simon Bator. »Das Gespräch wurde gestern Abend geführt, die Entführung fand vermutlich heute früh statt. Thimo ist also noch nicht lange in Gefangenschaft. Morgen ist der Tag der Neonazidemo. Ein wichtiger Tag für Jesberg. Er muss den Leuten in seiner Organisation zeigen, dass er die Sache im Griff hat – organisatorisch und publizistisch. Wir sollten die Polizei erst übermorgen informieren – wenn alles vorbei ist.«

»Warum das denn?« Ich verstand nicht.

»Wir sollten ihn in Sicherheit wiegen – und erst dann schlachten«, sagte Peter Jansen. »So macht es mehr Spaß. Außerdem werden ihn seine rechten Schläger vermutlich ein bisschen rannehmen. Das sollten wir ihm doch gönnen.«

»Gut, wie ihr meint«, stimmte ich zu. »Was aber tun wir, wenn Frau Jesberg wieder auftaucht? Soll ich ihr sagen, wo sich ihr Sohn befindet?«

Ich hatte diese Frage gerade gestellt, als es erneut an meiner Tür klingelte. Ich schaute Bator und Jansen fragend an.

»Check mal, wer da ist«, nickte Jansen.

Ich setzte die Gegensprechanlage in Betrieb und tatsächlich erkundigte sich Anna Jesberg, ob sie mich sprechen könne.

»Auch das noch«, sagte ich genervt. »Überlegt euch schnell mal was. Wir können der Frau nicht verschweigen, dass wir wissen, wo ihr Sohn ist.«

»Warten wir erst mal ab, was sie will«, meinte Bator.

»Er hat Thimo entführt«, berichtete Anna Jesberg völlig aufgelöst, als sie in meine Wohnung stürmte. »Mein Gott, wenn er dem Jungen was tut.«

Erst jetzt bemerkte sie Bator und Jansen, erschrak und sah mich überrascht an.

»Kein Grund zur Sorge«, sagte ich. »Das ist Peter Jansen, mein früherer Chef, und das ist Simon Bator, ein Schriftsteller. Sie sind über alles informiert.«

Jansen gab ihr die Hand, Bator blieb vor ihr stehen und musterte sie, ohne ihre Hand zu nehmen.

»Sie haben schönes Haar«, meinte er leise.

Anna Jesberg trug heute keinen Zopf, ihr schweres honigblondes Haar fiel offen über ihre Schultern. Es war nicht besonders gestylt, die Aufregung ließ es in ungebändigten Strähnen wie ein goldenes Vlies erscheinen.

»Ich kannte mal eine Frau, die ähnliches Haar hatte«, murmelte Bator. »Meine Mutter. Entschuldigen Sie bitte, dass ich Sie so unhöflich angestarrt habe.«

Anna Jesberg erzählte die Geschichte, die wir bereits in Auszügen von der Tonbandaufnahme kannten.

»Wir wissen, wo sich Ihr Sohn aufhält«, erklärte Simon Bator dann. »Er wird im *Patrioten-Treff* gefangen gehalten.«

»Patrioten-Treff?«

»Ein Veranstaltungszentrum für Rechtsradikale. Ihrem Mann gehört das Haus. Wir glauben, dass Thimo dort ist. Bewacht von dem Privatdetektiv Arco Blum.«

»Gehen wir hin und holen ihn raus?«

»Das sollte die Polizei tun«, sagte Peter Jansen. »Frau Grappa wird da jetzt anrufen.«

Ich wählte Brinkhoffs Nummer. Niemand meldete sich. Ich rief die Leitstelle an und fragte nach ihm. Die Auskunft war nicht günstig, Brinkhoff war bei einer Lagebesprechung im Vorfeld des geplanten Neonaziaufmarsches. Er sei vorläufig nicht zu erreichen.

»Thimo bekommt eine panische Angst, wenn er eingesperrt ist«, jammerte Anna Jesberg. »Er dreht völlig durch –

eine Phobie. Deshalb lässt er auch die Tiere im Zoo frei. Weil er es nicht ertragen kann, wenn Lebewesen hinter Gittern …«

Sie begann zu weinen.

»Gehen wir«, sagte Bator und erhob sich.

Geburtstagsrückstände

Vor der Gaststätte hing ein nicht zu übersehendes Schild: *Zurzeit wegen Renovierungsarbeiten geschlossen*.

Das Gebäude sah tatsächlich renovierungsbedürftig aus. Die Treppe, die zum Kellerraum führte, war voller Müll, die Fenster im Parterre waren mit groben Brettern vernagelt, Wasserwerferspuren und Graffiti machten die Fassade noch hässlicher, als sie ohnehin schon war.

Hier hatte SS-Manni jüngst seinen Geburtstag gefeiert, bis Polizei und Feuerwehr das Jubelfest empfindlich gestört und nach mehrstündigem Einsatz beendet hatten.

»Wie kommen wir in die Bude rein?«, fragte ich.

»Durch die Tür«, antwortete Simon Bator.

»Was du nicht sagst. Du hast bestimmt einen Schlüssel.«

»Das nicht«, grinste er. »Aber ein Brecheisen.« Er hielt plötzlich ein entsprechendes Teil in der Hand.

»Es geht doch nichts über eine gute Ausrüstung«, staunte ich.

»Ihr drei stellt euch oben an die Treppe«, befahl Bator. »Dann kann mich niemand sehen, wenn ich die Kellertür aufbreche.«

»Ist es nicht auffällig, wenn drei Leute unmotiviert vor einer Treppe stehen?«, gab ich zu bedenken.

»Dann müsst ihr euch eben gleichmäßig verteilen und unauffällig verhalten. Also macht schon!«

»Kommandier nicht so rum«, maulte ich.

»Kannst du nicht einmal einfach tun, was man dir sagt?«, fragte Peter Jansen.

»Ist ja schon gut!«

Ich lehnte mich an eine Straßenlaterne, tat dann so, als wäre ich mit Anna Jesberg in ein Gespräch vertieft.

»Achtet auf den nächsten Lkw, der vorbeidonnert.«

Kurz darauf gab Jansen Simon ein Handzeichen. Im Augenwinkel beobachtete ich, wie Bator sich an der Kellertür zu schaffen machte, und zwar so fachmännisch, als habe er jede Menge Routine als Einbrecher. Es dauerte keine drei Minuten und das Schloss war geknackt. Ich war begeistert. Männer mit handwerklichen Fähigkeiten fand ich schon immer aufregend.

»Sie bleiben besser draußen und passen auf, während wir reingehen«, sagte Jansen zu Anna Jesberg.

»Ich will aber dabei sein«, meinte sie.

»Das ist nichts für eine Frau«, entgegnete Peter Jansen.

»Und was bin ich?«, mischte ich mich ein.

»Du bist Grappa«, stellte er fest. »Du hast solche Aktionen schon mal mitgemacht. Frau Jesberg bleibt hier.«

»Es ist wirklich besser so«, stimmte Bator Jansen zu. »Setzen Sie sich ins Auto und hupen Sie dreimal lang und dreimal kurz, wenn jemand kommt.«

Schließlich willigte Anna Jesberg ein und platzierte sich hinter das Steuer meines Cabrios.

»Dann mal los!«, sagte Bator entschlossen.

Wir traten durch die aufgebrochene Tür und gelangten in einen engen Flur. Bator suchte den Lichtschalter und fand ihn. Eine nackte Birne funzelte von der Decke.

»Richtig gemütlich hier«, flüsterte ich. »Was machen wir, wenn Blum auftaucht? Wahrscheinlich ist er doch bei dem Jungen geblieben.«

»Für den habe ich das hier!« Bator hatte plötzlich eine Schusswaffe in der Hand.

»Ach, du lieber Himmel«, stotterte ich. »Du bist ja ein echter Profi.«

»Wenn du weiter so drauflosplapperst, dann werden wir früher entdeckt, als uns lieb ist«, wies mich Jansen zurecht.

Der Flur mündete in einen großen Raum, in dem sich alte, teilweise zertrümmerte Holzmöbel befanden. Es roch muffig und feucht. Die Feuerwehr hatte Wasser in den Partykeller gelassen, um SS-Manni und seine Geburtstagsgäste zu ›überreden‹, zur Feststellung ihrer Personalien nach draußen zu kommen. In der Tiefe des Kellers hielt sich die Feuchtigkeit prima.

»Niemand zu sehen oder zu hören«, sagte Jansen. »Wir müssen es riskieren.«

Dann brüllte er: »Thimo, bist du hier? Wo bist du? Wir sind gekommen, um dich rauszuholen.«

Zunächst rührte sich nichts. Dann war irgendwo in der Ferne ein Scharren zu hören.

»Thimo«, schrie ich. »Hier ist Grappa. Halte durch. Deine Mutter ist auch da. Wo bist du?«

Wieder Stille. Dann erneut das Geräusch.

»Er ist bestimmt gefesselt und geknebelt«, tippte ich.

»Wir müssen systematisch vorgehen«, schlug Bator vor. »Ich gehe wieder zurück in den Flur. Grappa, du wartest hier – für den Fall, dass wir Ärger mit Blum oder einem Schläger kriegen.«

Bator entsicherte die Waffe und ging voran – Jansen blieb dicht hinter ihm.

Ich lauschte den beiden nach.

»Hier muss er drin sein«, hörte ich Jansen sagen. »Also los!«

Mein Ohr vernahm das Brechen von Holz. Stimmen drangen zu mir, dann rief Bator: »Grappa, du kannst kommen!«

Bator und Jansen hatten Thimo zwischen sich, sie stützten ihn. Über seinem Mund klebte ein großes Pflaster.

»Nichts wie weg«, sagte Jansen. »Er ist völlig durcheinander. Kannst du ihm das Pflaster abreißen?«

Ich trat zu Thimo. »Es tut jetzt ein bisschen weh«, kündigte ich an. »Bist du bereit?«

Thimo Krause nickte.

Ich griff nach dem Pflaster und weg war es.

»Und jetzt setzt euch in Bewegung!«, meinte Bator.

Draußen stürzte Anna Jesberg sofort zu ihrem Sohn.

»Wir sollten schnell verschwinden«, sagte Bator.

Wir verteilten uns auf die Sitze des Wagens.

Anna Jesberg strich Thimo das wirre Haar aus der Stirn. »Das soll er mir büßen«, murmelte sie.

»Können die beiden vorläufig in deiner Wohnung unterkommen?«, fragte mich Bator.

»Das ist nicht nötig«, winkte Anna Jesberg ab. »Wir werden bei meinem Vater bleiben. Ich habe ihn über alles informiert. Er weiß inzwischen, was für ein Schwein sein Schwiegersohn ist.«

»Opa hat immer zu mir gehalten«, krächzte Thimo.

»Wie geht's dir denn?«, fragte ich. »War es sehr schlimm?«

»Ich habe so schrecklich gefroren«, antwortete er.

»Wie ist das alles passiert?«

»Ich war aus dem Haus raus, um zur Arbeit zu gehen. Früher als sonst – im Zoo wird die Geburt eines Ameisenbärbabys erwartet. Wir halten abwechselnd Wache. Ich hatte die Bushaltestelle fast erreicht, als mich jemand von hinten packte und in ein Auto zerrte.«

»Hast du gesehen, wer es war?«, fragte Jansen.

»Nein. Es ging alles so schnell. Ich weiß nur, dass es ein Mann war. Er hat mir eine Mütze über die Augen gezogen, damit ich nichts sehen konnte. Und er hat mich gefesselt. Woher wusstet ihr, wo ihr mich finden würdet?«

Zwei Männer zum Kaffee?

Bator setzte Anna Jesberg und Thimo vor der Nobelhütte des Verlegers ab, danach stoppte er vor Peter Jansens Haus.

»Ich werde den Hauptkommissar anrufen«, kündigte Jansen an. »Wenn Frau Jesberg eine entsprechende Aussage macht, dürfte der Spuk bald vorbei sein. Auch wenn es noch eine Weile dauern wird, bis Jesberg die Morde nachgewiesen werden können.«

»Wieso?«, staunte ich. »Wir haben doch die Tonbandaufnahme mit einem Geständnis.«

»Das nützt uns nicht viel«, seufzte Simon Bator. »Die Aufnahme kann nicht verwandt werden, sie ist illegal. Ich habe mich damit strafbar gemacht.«

»Warum sollte dich jemand dafür bestrafen, dass du zwei Morde aufgeklärt hast?«

»So ist die Rechtslage nun mal, Grappa«, stellte Jansen fest. »Die Aufzeichnung verstößt gegen einen Paragraphen, der den Schutz der Vertraulichkeit des Wortes garantiert. Ist ja auch eine gute Sache – eigentlich. Führ dir mal vor Augen, jeder könnte jeden ausspionieren – um ihn später mit seinen Worten zu konfrontieren, ihn gar zu erpressen. Und stell dir vor, du könntest nie ein offenes Wort sagen, keinen über den Durst trinken, weil du immer damit rechnen müsstest, dass jemand – selbst Freunde, denen du vertraust – ein Aufnahmegerät in der Jackentasche trägt, das er vorher heimlich auf dem Klo eingeschaltet hat.«

»Diese Erfahrung habe ich schon hinter mir«, meinte ich.

»Lebt derjenige noch?«, fragte Jansen.

»Er ist putzmunter. Aber getroffen hat es ihn schon ... weil ich dahinter gekommen bin.«

Jansen stieg aus dem Wagen. »Alles wird gut, Grappa-Baby«, sagte er zum Abschied. »Bald geben wir beide wieder den Ton beim *Bierstädter Tageblatt* an. Du wirst schon sehen.«

Wenig später waren Bator und ich vor meiner Wohnung angelangt.

»Bekomme ich noch einen Kaffee bei dir?«, fragte er.

»Natürlich.«

Schweigend gingen wir nebeneinander her, vor der Haustür kramte ich in meiner Tasche nach dem Schlüssel. Er war mal wieder im Chaos der Tiefe verschwunden.

Plötzlich hörte ich eine Stimme hinter mir. »Hallo, Grappa.«

Ich fuhr herum. Vor mir stand Kosmo – ein bisschen blass um die Nase, aber aufrecht.

»Baby, was machst du denn hier? Ich dachte, du bist noch in der Klinik!«

»Ich bin geflüchtet. Hab's nicht mehr ausgehalten.«

»Ich freu mich, dich zu sehen. Ich habe dir eine Menge zu erzählen. Wir haben gerade ein tolles Ding gedreht.«

Bator musterte Kosmo. Sein Schweigen und seine Missbilligung waren ziemlich laut.

»Kann ich bei dir einen Kaffee kriegen?«, fragte der Callboy.

»Aber klaro.« Ich hakte mich bei Kosmo unter. »Zwei attraktive Männer zum Kaffee sind noch besser als einer.«

»Ich hab's mir anders überlegt«, sagte Bator.

»Was heißt das?«, fragte ich.

»Ich will doch keinen Kaffee mehr. Ich habe noch etwas vor.«

»Schade.« Ich wusste, dass er log.

»Ciao, und alles Gute.«

Ich blickte ihm nach. Er hatte den Kopf in den Nacken geworfen, im zu langen Haar verfing sich der Wind, das offene Jackett flatterte um seinen Körper. Er ging zügig, zog das Bein, das ihm die Neonazis für immer steif geprügelt hatten, stärker nach als normalerweise.

»Ich habe das Gefühl, dass er mich nicht leiden kann«, murmelte Kosmo.

»Er kann sich selbst vielleicht auch nicht leiden«, sagte ich. »Jedenfalls ist er jetzt weg.«

»Tut's dir Leid, Grappa?«, fragte Kosmo. »Du siehst so traurig aus.«

»Die größte Kraft ist die des Abschieds, Kleiner.«

»Wo hast du nur immer diese theatralischen Sätze her?«

»Stammt nicht von mir«, gab ich zu. »Irgendein Dichter hat das mal gesagt. Muss ein ziemlicher Idiot gewesen sein.«

Gute-Nacht-Geschichte

Kosmo fand die Geschichte von Thimos Befreiung ziemlich spannend und bedauerte, nicht dabei gewesen zu sein.

»Jetzt wird alles wieder gut«, meinte mein kleiner Bruder treuherzig.

»Das wird sich erst noch herausstellen. Die Polizei ermittelt zwar heftig, doch sie sind vorsichtig. Immerhin gehört Jesberg zur Prominentenliga von Bierstadt. Wer weiß, wann er aus dem Verkehr gezogen wird. Wir müssen weiter wachsam sein. Der geht nicht so ohne weiteres zu Boden.«

»Hast du Angst?«

»Keine Ahnung. Das merke ich erst, wenn ein paar Neonazis an meiner Wohnung klingeln, Einlass begehren und mir mit ihren Springerstiefeln den Perserteppich ruinieren.«

»Wo liegt der denn?«

»Wer?«

»Der Perser.«

»Das war nur eine Metapher für eine besonders wertvolle Wohnungsausstattung«, erklärte ich.

»Metapher?«

»Ein Sinnbild.«

»Grappa, du bist so verdammt intelligent.« Kosmo grinste über beide Ohren.

»Offenbar nicht so intelligent, um zu merken, dass du mich gerade verarscht hast, Süßer.«

Ich drückte ihm einen Kuss auf die Wange.

»Und jetzt erzähl der lieben Tante Grappa, in welchen Bahnen dein junges Leben künftig verlaufen soll.«

»Ich werde einen Job annehmen, zehn Stunden am Tag schuften und Karriere machen.«

»Keine Frauen mehr?«

»Nicht als professioneller Lover.«

»Legionen von Frauen werden mit Selbstmord drohen«, gab ich zu bedenken.

»Davon gehe ich aus«, lächelte Kosmo geschmeichelt. »Aber da müssen sie durch.«

»Du wirst durch normale Arbeit nicht so viel Geld verdienen können wie in den letzten Jahren«, warnte ich.

»Das macht nichts. Meine Wohnung ist fast schuldenfrei, meinen Sportwagen werde ich in Zahlung geben. Außerdem habe ich ein paar Mark auf meinem Konto. Und ich hatte ein bisschen Glück mit Aktien.«

»Dann pass bloß auf, dass dich keine Frau nur wegen deines Geldes heiraten will.«

»Zunächst kommt mir kein weibliches Wesen in die Hütte. Außer dir natürlich. Aber das ist ja was anderes.«

»Herzlichen Dank«, schmunzelte ich.

»Ich werde einen Kochkurs besuchen, damit ich nicht mehr in teuren Restaurants essen muss oder sogar von einer Frau abhängig werde.«

»Kochen, waschen, putzen ... ist alles kein Problem für dich?«

»Glaube nicht. Und wenn ich anfangs nicht klarkomme, nehme ich mir eine Frau für die groben Arbeiten.«

»Könnte es sein, dass ich gerade die Geburt eines künftigen Super-Machos erlebe?«

Jesberg lässt grüßen

Die Nazis kamen aus allen Richtungen des Landes. Die Polizei war mit starkem Aufgebot überall präsent. Der Sammelort, der den Rechten zugewiesen worden war, lag hinter einem Sportcenter. Dort befand sich ein großer, übersichtlicher Parkplatz, der von allen vier Himmelsrichtungen zugänglich war.

Ich gelangte mithilfe meines Presseausweises zum Aufmarschort, Kosmo im Schlepptau. Er hatte darauf bestanden, als mein Bodyguard mitzukommen.

Noch war alles friedlich, die grünen Uniformen der Polizisten beherrschten zunächst das Bild. Nach und nach trafen dann auch die Teilnehmer der Kundgebung ein. Es war ihnen verboten worden, militärische Kopfbedeckungen und Abzeichen zu tragen; Springerstiefel und Bomberjacken waren ebenfalls untersagt, um den Eindruck eines militärischen Aufmarsches zu vermeiden. Die meisten hielten sich an die Kleiderordnung.

Kosmo und ich gingen zur mobilen Pressestelle der Polizei, die in einem Transporter eingerichtet worden war.

Prompt trafen wir auf zwei Personen, die wir kannten: Frank Foster und Big Mäc.

»Hallo, Grappa«, begrüßte mich Frank erfreut. »Schön, dich zu sehen. Wie geht es dir?«

»Prächtig«, antwortete ich.

»Und was machst du hier?«

»Ich wollte mir das alles mal ansehen«, sagte ich.

»Du bist doch beurlaubt.«

»Das ist ja was ganz Neues, du Schlaumeier«, zickte ich ihn an.

»Wir vermissen dich«, behauptete Frank beflissen. »Besonders ich. Ja, wirklich.«

Das ›Ja, wirklich‹ hättest du nicht sagen dürfen, dachte ich. »Ich bin gerührt.«

Foster kapierte die Ironie, wurde verlegen, wandte sich ab und verwickelte einen Beamten in ein Gespräch.

Ich schaute Big Mäc an. Etwas in seinen Augen sagte mir, dass er mit mir reden wollte.

Wir gingen ein wenig zur Seite.

»Hab ich das eben richtig gehört?«, fragte der Fotograf.

»Was meinst du?«

»Hat Foster gesagt, dass er dich vermisst?«

»Das hat er gesagt«, bestätigte ich.

»Verdammter Verräter, das!«

»Wieso?«

»Er hat deinen Job gekriegt, Grappa«, berichtete Big Mäc. »Er ist jetzt Chefreporter des Blattes. Der Rest seines Volontariats ist ihm erlassen worden und er hat ein paar Gehaltsstufen übersprungen. So sieht das aus. Er kriecht Jesberg bis zum Anschlag in den Arsch, dein linker Freund.«

»Ich hatte mir fast so was gedacht«, murmelte ich.

»Bist du enttäuscht?«

»Ja. Aber vor allen Dingen bin ich stinksauer. Hat Jesberg dir wenigstens inzwischen den Vertrag gegeben, den er dir versprochen hat?«

»Nein. Das hier ist mein letzter Einsatz. Ich verlasse das Blatt. Hab das Angebot, für eine Nachrichtenagentur zu arbeiten. Dann kann ich dir auch endlich den Kredit für die Kamera zurückzahlen.«

»Das eilt nicht. Ich werde bald wieder für das *Bierstädter Tageblatt* schreiben.«

»Glaubst du?«

»Ich arbeite jedenfalls daran. Tut mir übrigens Leid, dass ich manchmal so ruppig zu dir war. Und ungerecht.«

Der Fotograf lächelte. »Du entschuldigst dich? Dass ich das noch erleben darf!«

»Sag's aber keinem weiter«, bat ich und haute ihm hart, aber freundschaftlich auf die mageren Schultern. Er quittierte meine Annäherung mit einem erbärmlichen Husten und griff schnell nach einer Zigarette, um den Schwächeanfall in den Griff zu kriegen.

»Hast du Jesberg heute schon gesehen?«, fragte ich.

»Nö«, antwortete Big Mäc. »Ich bin aber schon früh los. Warum fragst du?«

»Nur so«, meinte ich. Er wird vor Wut schnauben, wenn er erfährt, dass Thimo nicht mehr im Keller schmort, dachte ich.

»Ich habe jemanden entdeckt«, riss mich Kosmos Stimme aus meinen Gedanken. »Dort hinten steht Arco Blum, dieser verdammte Schnüffler.«

»Prima«, sagte ich. »Dann will ich mal zu ihm hin.«

»Was?«

»Ihm eine Ansage machen.«

Wir verabschiedeten uns von Big Mäc und bewegten uns Richtung Blum.

Inzwischen waren etwa dreihundert Nazis eingetroffen, die sich nach und nach zu Viererreihen formierten. Angeleitet wurden sie von SS-Manni, der eine Ordnerbinde am Arm trug, auf superwichtig machte und ab und zu Kommandos durchs Megafon plärrte.

»Hallo, Herr Blum«, sprach ich den Privatdetektiv an. »Sind Sie dienstlich oder privat hier?«

»Dasselbe könnte ich Sie fragen.«

»Hatten Sie heute schon Kontakt zu Ihrem Auftraggeber?«

»Ich hatte nicht vor, mit Ihnen zu plauschen, Frau Grappa«, giftete der Schnüffler.

»Ich war gestern Morgen mit ein paar Freunden im *Patrioten-Treff*«, plapperte ich. »Gemütlicher Schuppen. Bisschen feucht, doch Ratten wie Sie stört das ja nicht.«

»Interessant. Gestern Morgen ist dort nämlich eingebrochen worden. Die Polizei wird sich freuen, dass die Straftat nun aufgeklärt werden kann. Darf ich mich auf Ihre Aussage berufen?«

»Aber immer. Am besten, wir erledigen das sofort. Es sind ja genügend Polizisten hier. Kommen Sie!«

»Hinzu kommt noch Sachbeschädigung. Der Anschlag auf den Reifen meines Autos geht ja wohl auch auf Ihr Konto.«

»Noch ein Grund mehr, sofort ein Geständnis abzulegen. Also, was ist?«

Blum sah mich an. Zum ersten Mal verrieten seine Augen Unsicherheit.

»Die Polizei wird sich freuen, Sie zu sehen«, lächelte ich. »Ich glaube, die haben heute Morgen eine Fahndung nach Ihnen herausgegeben. Da war von Entführung und anderen Delikten die Rede. Ganz böse Sache.«

Jetzt hatte Blum genug. Er drehte wortlos ab und verschwand in den Reihen. Kein Problem bei seiner Körpergröße.

»Guck mal, Grappa. Es geht los.«

Kosmo deutete auf einen Mann. Er war auf einen Transporter geklettert, hatte ein Megafon und einige Zettel in den Händen.

»Liebe Kameraden und Kameradinnen«, knatterte er los. »Ich begrüße euch alle in Bierstadt. Wie ihr seht, wird unsere kleine freiheitliche Demonstration von den Bürgern dieser Stadt eingehend beobachtet. Auch heute zeigt uns die Staatsmacht wieder mit einem großen Aufgebot, wie ernst sie unser demokratisches Anliegen nimmt.«

Applaus, vermischt mit höhnischem Gelächter, waberte durch die Reihen.

»Wir sind der nationale Widerstand und das werden wir dieser Stadt heute beweisen. Wir werden friedlich und gewaltfrei demonstrieren und uns von den linken Chaoten und judenfreundlichen Anarchisten nicht provozieren lassen.«

Der Applaus wurde stärker.

»Das ist Hülsdonk«, klärte ich Kosmo auf. »Der Typ meldet in der gesamten Republik Naziaufmärsche an und er macht das so clever, dass kein Gericht ein Verbot aussprechen kann.«

»Wir werden immer wiederkommen«, drohte der Nazi-Anführer. »Wir werden so lange in dieser Stadt marschieren, bis Bierstadt ausländerfrei und wieder deutsch ist. Kein reicher Jude, kein knoblauchstinkender Mustafa und keine feige Antifa-Zecke wird uns von unserem Weg abbringen.«

Diesmal toste der Beifall.

»Ekelhaft. So wird Gewaltbereitschaft geschürt«, sagte ich.

»Er weiß genau, was er von sich geben muss, um negative Gefühle zu wecken«, bemerkte Kosmo. »Guck dir die Typen hier an. Die haben mit Politik überhaupt nichts am Hut beziehungsweise an der Glatze. Die suchen nur jemanden, auf den sie eindreschen können. Damit sie sich besser fühlen können.«

Wenig später begann der Marsch, SS-Manni vorneweg. Die Polizisten sicherten den Weg, verhinderten, dass Nazis nach rechts oder links ausscherten.

Die Menschen am Rand des Weges schrien »Nazis raus!«, wurden aber von den Naziparolen überstimmt.

Ich hörte: »Hier spaziert der nationale Widerstand.« Der sonst übliche Satz »Hier *marschiert* der nationale Widerstand« war gerichtlich verboten worden.

Der Zug war inzwischen auf einer breiten Durchgangsstraße angelangt, die für den Verkehr gesperrt war. Die Polizei hatte an allen Strecken Sperren errichtet, mehrere Wasserwerferwagen standen bereit.

Hinter den Sperren waren Gegendemonstranten zu sehen und zu hören, die die Faschisten mit den entsprechenden Sprüchen bedachten. Die Beamten bemühten sich – ausgestattet mit Schutzhelmen und Plexiglasschilden – die beiden Gruppen nicht aufeinander prallen zu lassen.

Ich blickte nach oben. Auf den Balkonen tummelten sich Neugierige, manche von ihnen eindeutig ausländischer Abstammung.

Die Rechten skandierten: »Ausländer raus! Deutschland den Deutschen!«

Was werden die Leute da oben wohl denken?, fragte ich mich.

Ich sah, wie ein torkelnder Glatzkopf grinsend an die Scheibe einer Döner-Bude urinierte. Der dunkelhaarige Mann im Inneren der Imbissstube verfolgte die Aktion mit undurchdringlicher Miene.

»Mehmet, Ali, Mustafa, geht zurück nach Ankara!«, grölte der Kahlkopf.

Dann erhob er den rechten Arm zum Hitlergruß. Zwei Polizisten zogen ihn aus dem Verkehr und führten ihn ab.

Der Zug bewegte sich langsam weiter. Der Weg wurde enger, die Nazis rückten zusammen, kamen mir immer näher, ich hatte kaum noch Platz, rang nach Atem, schaute mich nach Kosmo um, doch ich konnte ihn nirgends entdecken. Er war wohl abgedrängt worden.

Plötzlich spürte ich einen Schlag am Kopf, dann noch einen, ich schüttelte mich, wollte mich umdrehen, um zu gucken, wer mich angriff, doch da waren nur ein Strauch und eine graue Hauswand.

»Schöne Grüße von Jesberg«, flüsterte jemand. Ich fuhr herum in die Richtung, aus der die Stimme gekommen war.

Nichts. Nur Menschen mit unbeteiligten Gesichtern, harmlose Zuschauer, niemand, den ich kannte. Niemand, der mich ansah.

Etwas Warmes, Feuchtes rann in meinen Ausschnitt.

»Grappa, du blutest ja«, sagte plötzlich Kosmo erschrocken. Er war wieder neben mir.

»Jemand hat mir einen Schlag verpasst«, murmelte ich benommen. »Ich konnte aber nicht erkennen, wer. Auf jeden Fall war's ein Gruß von Jesberg. Das hat der Typ gesagt.«

Kosmo zog mich zur Seite und untersuchte meinen Kopf.

»Du hast einen Riss an der Schläfe«, sagte er. »Du musst ins Krankenhaus.«

»Quatsch!« Ich kramte ein Papiertaschentuch aus meinem Beutel und drückte es auf die Wunde.

»Es blutet nicht mehr«, stellte Kosmo nach einer halben Minute fest.

»Na, siehst du. Jetzt haben wir leider den Anschluss an den Marsch verloren. Am Südbad findet gleich die Abschlusskundgebung der Gegendemonstranten statt. Da will ich noch hin.«

»Lass uns besser nach Hause zurückkehren. Ich glaube, es reicht.«

»Vielleicht hast du Recht. Gehen wir zurück zum Auto.«

Kurz darauf klemmte sich Kosmo hinter das Steuer. »Es ist besser, wenn ich fahre. Wie geht es dir?«

»Mein Kopf tut weh. So viel dumpfe und dumme Sätze habe ich lange nicht mehr gehört. Die sind mir voll aufs Hirn geschlagen!«

Auge um Auge

Kosmo bewies, dass er nicht vergessen hatte, wie man Kaffee kocht. Zum Schluss rührte er noch ein bisschen Kakaopulver in das Dunkelbraun.

»Der Kaffee bekommt so noch mehr Aroma«, erklärte er. »Ich hab's in einem Kochbuch gelesen. Supertrick.«

Es war inzwischen früher Nachmittag. Im Lokalradio berichtete ein Reporter vom fast friedlichen Ende der Demonstration. Allerdings war die Polizei noch in der Stadt unterwegs, um Neonazis und Gegendemonstranten voneinander fernzuhalten. Einige Anarchos versuchten, die Polizeisperren zu durchbrechen – sie wollten den Nazis eins aufs Maul hauen. Klar, dass die Rechten auf solche Angriffe warteten, um sich als Märtyrer präsentieren zu können.

Die Polizei machte den Kessel zu – und zwar für mehrere

Stunden. Innerhalb der eingesperrten Gruppe befanden sich auch viele friedliche Demonstranten und einige unbeteiligte Passanten. Sie mussten stundenlang warten, bis ihre Personalien festgestellt worden waren, was später für Ärger und Empörung sorgte.

Vertreter von den Grünen und vom *Bündnis gegen Rechts* hielten diese Aktion für unverhältnismäßig und unzulässig. Sie kündigten juristische Konsequenzen an.

Ich hatte die Nase voll und stellte das Radio ab.

»Ich werde mich ein bisschen hinlegen«, kündigte ich an. »Aber vorher will ich noch wissen, was im Hause Jesberg vor sich geht.«

Ich wählte die Nummer von Anna Jesbergs Handy. Keine Antwort, auch die Mailbox sprang nicht an.

»Ich fahre bei ihr vorbei«, bot sich Kosmo an. »Du weißt doch, wo die Villa ihres Vaters liegt?«

Ich beschrieb ihm den Weg und gab ihm meine Autoschlüssel. Heute würde ich den Wagen nicht mehr brauchen.

»Lass dein Handy an«, bat ich, »und gib mir sofort Nachricht, wenn du weißt, wie es ihr und Thimo geht.«

»Mach ich«, versprach er und drückte mir noch einen Kuss auf die Wange.

»Pass auf dich auf«, gab ich ihm mit auf den Weg.

Ich duschte und klebte ein Pflaster auf meine Schläfe. Und jetzt ab ins Bett, dachte ich. Ich legte eine CD mit Schlummermusik ein und haute mich hin.

Langsam krochen Schmerzen in mein Hirn. Der Schlag war wohl doch heftiger gewesen, als ich zunächst geglaubt hatte.

Ich rappelte mich wieder hoch und warf zwei Tabletten ein. Dann zog ich die Decke unters Kinn.

Ich war gerade eingeschlummert, als mein Handy piepste. Kosmo hatte mir eine Kurzmitteilung geschickt mit dem Inhalt, dass alles okay sei. Wenigstens etwas.

Ein ganz besonderer Sonntag

Sonntagmorgen. Die Nacht hatte ich ruhig und ohne Störungen verbracht, ich fühlte mich ausgeruht und fast wie neu.

Im Bad prüfte ich meine Kopfwunde. Außer einer kleinen Schwellung war nichts mehr zu sehen, lediglich mein Kiefer und der Schläfenknochen schmerzten etwas. Es gab also keinen Grund, den Tag im Bett zu verbringen.

Ich nahm ein Schönheitsbad mit ätherischen Ölen, die Ganzkörperdurchblutung und Meeresduft versprachen, auch von ewiger Jugend war natürlich die Rede und den Dynastien ägyptischer Prinzessinnen, die diesem Wirkstoff ihre Ausstrahlung verdankt hatten. Und heute liegt ihr doch als Mumien in der Wüste, dachte ich schadenfroh, und mit eurer Haut kann man Stiefel besohlen.

Wenigstens hatte ich für das teure Produkt kein eigenes Geld ausgegeben, ein Exlover hatte es mir verehrt, weil seine Gattin allergisch gegen den Wirkstoff war. Ich hatte das Öl behalten und den Mann zu seiner Angetrauten zurückgeschickt.

Nach dem Bad frühstückte ich gemütlich. Ich briet zwei Eier in einer Pfanne, die ich mit Trüffelöl ausgepinselt hatte, streute selbst gemachtes Kräutersalz darüber. Dazu Vollkornbrot, frisch ausgepressten Orangensaft und Ricotta mit Honig. Natürlich viel Kaffee mit frischer Sahne.

Ich zelebrierte jeden Bissen langsam und mit Genuss, so als hätte ich schon eine Ahnung, was an diesem Sonntag noch alles auf mich zukommen sollte.

Gegen Mittag schellte es an meiner Tür. Ich fragte durch die Sprechanlage, mit wem ich das unangemeldete Vergnügen hätte. Zu meiner großen Überraschung begehrte Frank Foster Einlass.

»Was willst du denn, du Verräter?«, giftete ich durch die Anlage.

»Ich muss dich dringend sprechen«, sagte er mit Flehen in der Stimme. »Bitte, Grappa!«

Ich hatte kein gutes Gefühl bei der Sache, dennoch betätigte ich den Türöffner.

Kurze Zeit später stand mein Exkollege vor der Wohnungstür. Durch den Spion sah ich, dass er allein war.

Ich öffnete die Tür, Frank kam auf mich zu.

Hinter ihm drängte plötzlich eine zweite Gestalt in meine Wohnung. Ich schrie vor Überraschung auf. Es war Dirk Jesberg.

»Was soll das?«, rief ich entgeistert.

»Wo ist dein Handy?«, fragte Frank. Seine Stimme hatte jede Weinerlichkeit verloren. »Dein Handy?«, brüllte er. »Wo hast du es?«

Ich deutete auf den Tisch, auf dem sich das Telefon und ein paar Schreibblocks befanden.

Foster nahm das Mobiltelefon, öffnete es und drückte die Karte heraus. Jetzt war es unbrauchbar.

Jesberg hatte es sich derweil auf meinem Sofa bequem gemacht. Er sah ein wenig derangiert aus, den Anzug zierten ein paar Falten an Stellen, an die sie nicht gehörten, und auch der Duft seines bräsigen Herrenparfums blieb mir nicht erspart.

Ich beobachtete die beiden Männer, blickte von einem zum anderen, konnte nicht begreifen, was hier abging.

Frank Foster war ein anderer Mensch geworden und er sah auch so aus: kein Körner-Schlaffi mehr, sondern ein ergebnisorientierter Macher, der genau zu wissen schien, was er wollte.

Während ich meine Gedanken sortierte, ruinierte Foster mein anderes Telefon. Mit einem Ruck riss er die Strippen aus der Telefondose und entfernte die Stecker.

»Und jetzt?«, wollte ich wissen. Langsam kroch mir die Angst den Rücken hinauf.

»Es gibt Aufzeichnungen von einem Gespräch von mir und Arco Blum«, meldete sich Jesberg zu Wort. »Diese Bänder hätte ich gerne.«

Darum ging es also.
»Ich weiß nicht, wovon Sie reden«, beeilte ich mich zu versichern.
»Pass mal auf, Grappa!«, sagte Frank Foster hart. »Wir sind hier nicht in einem Fernsehkrimi. Wir haben keine Zeit, dich zu bitten, wir haben noch nicht mal Zeit, dich zu foltern. Aber wir haben vor, dich zu erschießen, wenn du uns zum Narren hältst. Dazu reicht unsere Zeit allemal. Geht das in deinen durchgeknallten Schädel?«
Während er sprach, zog er ein Schießeisen hervor.
»Pass mal auf, du Arsch«, sagte ich. »Halt mich nicht für dämlich! Wenn ich euch sage, wo die Bänder sind, dann erschießt ihr mich erst recht.«
»Ich warte, Grappa!«
Foster setzte mir den Lauf der Waffe an die Schläfe.
»Die Bänder liegen bei der Polizei und werden ausgewertet«, log ich.
»Hast du sie abgehört?«
»Natürlich. Jesberg hat gestanden, die beiden Callboys umgebracht zu haben. Außderdem gibt er den Mordanschlag auf Kosmo und die Entführung des eigenen Sohnes zu. Und er erzählt, wo er Thimo eingesperrt hat.«
»Ist das wahr?« Die Frage war an Jesberg gerichtet. Auf dessen Stirn schimmerte Schweiß.
Nutze deine Chance, Grappa, dachte ich. »Du brauchst dir keine Sorgen um den Kleinen zu machen, Frank. Er ist inzwischen wieder frei.«
»Ich wusste das nicht!«, beeilte sich Jesberg zu sagen. »Meine Frau ist seit zwei Tagen weg. Ausgezogen.«
»Apropos. Die Gattin dieses Herrn ...«, ich deutete verächtlich auf Jesberg, »... hat bei der Polizei schon eine Aussage gemacht.«
»Was ist das, Jesberg?«, brüllte Foster überrascht. »Deine Frau war bei den Bullen?«
»Sie lügt!«, behauptete Jesberg.
»Überzeuge dich doch selbst«, riet ich Foster.
»Und wie?«

»Da du mein Handy ja kaputtgemacht hast …« Ich machte eine Pause, mein Herz schlug bis zum Hals.

Ruhig bleiben, sagte ich mir, bloß ruhig bleiben. Tu so, als hättest du alles im Griff. Nur überlegene Sinne bedeuten überlegene Informationsverarbeitung. Ich atmete ganz tief durch, wie immer, wenn ich meine Reaktionen und die Ausschüttung von Adrenalin in Einklang bringen wollte.

»Ich rufe Frau Jesberg an. Sie hat ein Handy. Ich werde sie nach ihrem Sohn fragen und danach, was die Polizei gesagt hat. Und ob die Bänder schon ausgewertet worden sind. Du kannst mithören – und dann kennst du die Wahrheit.«

Frank Foster überlegte, das war ein gutes Zeichen.

»Hier!«, sagte er dann und gab mir sein Mobiltelefon.

»Ich weiß die Nummer nicht«, sagte ich. »Ich hatte sie in meinem Handy gespeichert.«

»Kein Problem«, meinte Foster. »Hier, ruf du sie an! Du kennst ihre Nummer ja wohl.«

Jesberg schaute Foster an, wagte nicht zu widersprechen.

»Und ich dachte immer, er sei der Boss!«, sagte ich und deutete auf das Häufchen Elend auf meinem Ledersofa, das gerade versuchte, eine Nummer einzutippen.

Hoffentlich macht er sich nicht in die Hose, dachte ich, dann wäre das Designersofa ruiniert.

»Er war mal der Boss«, entgegnete Foster. »Doch er hat leider seine Gefühle nicht im Griff und der Bewegung dadurch großen Schaden zugefügt.«

Jesberg reichte mir wortlos das Handy. Der Ruf ging raus, es dauerte eine Weile, dann meldete sich Anna Jesberg. Foster kam dicht an mich heran, um mitzuhören. Er roch schlecht.

»Hallo, hier ist Grappa. Geht es dir gut, Miel?«

»Ja«, sagte sie. »Sicher.«

In ihrer Stimme schwang Erstaunen mit. Ich hatte sie niemals geduzt und auch nicht Miel genannt.

Hoffentlich merkt sie, dass etwas nicht stimmt, dachte ich.

»Wie geht es deinem Kleinen?«, fragte ich. »Hat er die Entführung gut überstanden?«

»Aber das weißt ...« Sie stockte. »Ja, sicher«, sagte sie dann. »Ich danke dir noch mal, Maria.«

Sie hat's gemerkt, jubelte ich innerlich.

»Ich habe schon mit dem Hauptkommissar gesprochen«, log ich weiter. »Er war ganz angetan von deiner Aussage. Ich nehme an, dass er die Tonbänder interessant findet. Immerhin hat dein Noch-Ehemann die Morde gestanden.«

»Die Bänder sind schon beim Staatsanwalt«, spielte sie das Spiel mit. »Sie haben damit jetzt auch eine Handhabe gegen die *Aktion des nationalen Widerstandes*. Soeben hat die Polizei eine Hausdurchsuchung bei meinem Mann gemacht und alle Unterlagen mitgenommen. Es waren auch Mitgliederlisten dabei.«

»Das höre ich gern«, freute ich mich. »Dann ist ja alles in Butter. Ich hoffe, wir sehen uns bald. Einen schönen Tag noch, Miel.«

Foster nahm mir das Handy ab. Er zitterte vor Anspannung.

»Du hattest Unterlagen in deiner Wohnung?«, schrie er Jesberg an.

»Nein, natürlich nicht«, sagte der verdutzt. »Wie kommst du darauf?«

»Deine Frau hat es gerade behauptet.«

»Nein. Sie lügt! Das wäre doch gegen die Vereinbarung. Nichts Schriftliches in Privaträumen. Daran habe ich mich immer gehalten.«

»Ich will dir mal was sagen, Jesberg!« Fosters Ton war eisig. Er entsicherte die Waffe. »Deine Alleingänge und deine mangelnde Disziplin gefährden die große Sache. Nur ein paar Tage, und die Aktion ist gelaufen. Deine Lügen und deine Feigheit bringen die Organisation in tödliche Gefahr. Kapierst du eigentlich, was du angerichtet hast?«

Foster ging auf Dirk Jesberg zu und drückte ihm den Lauf der Waffe auf die Stirn. »Du weißt, was jetzt passiert, Jesberg?«

»Das kannst du doch nicht machen«, jammerte der amtierende Redaktionsleiter des *Bierstädter Tageblattes*.

»Welche Strafe steht auf Verrat?«

Jesberg blieb stumm.

»Ich kann's dir sagen, du Pfeife. Der Tod.«

»Das traust du dich nicht«, kreischte Jesberg. »Wenn du mich erschießt, dann musst du Grappa auch umlegen. Irgendeiner hat gesehen, wie du in diese Wohnung gegangen bist. Erinnerst du dich an den Mann im Flur? Und die Frau, die hinter dem Fenster gestanden hat? Du wirst mich nicht erschießen!«

»Ach, meinst du?«, schrie Foster. »Dann wirst du jetzt eine große Überraschung erleben.«

Der Schalldämpfer minderte das Geräusch, aber es war auch so noch grauenhaft genug. Jesberg sackte zusammen, blieb mit dem Kopf auf dem ledernen Kissen hängen. Ich guckte weg.

Das wär's dann wohl, dachte ich. Schade, dass ich Simon nicht mehr gestehen kann, dass ich ihn doch sehr mag. Schade, dass Kosmo seinen Weg ohne mich finden muss. Und schade, dass ich die Flasche *Terre di tufi* gestern Abend nicht getrunken habe.

Die Stille im Raum erstickte mich fast. Du musst etwas sagen, schoss es mir durch den Kopf, damit sich die Spannung löst.

Foster hatte ein Taschentuch in der Hand und wienerte das Schießeisen.

Er hat etwas anderes vor, fiel mir ein; wenn er mich töten will, warum sollte er seine Spuren schon jetzt verwischen? Das macht doch erst Sinn, nachdem er mich umgelegt hat.

Die Luft rasselte in meinen Lungen.

»Nimm die Pistole in die Hand, Grappa!«, forderte Foster. »Dann bleibst du am Leben.«

Meine Hand war etwas zittrig, als ich die Waffe ergriff.

Sollte ich sie umdrehen und auf Foster richten?

»Komm nicht auf dumme Gedanken, Grappa«, warnte er mich.

Er hielt meine Hand mit einem eisernen Griff, ich hatte keine Chance, auf ihn zu schießen.

»Drück ab. Hier in dieses Kissen.« Er nahm das dicke Lederpolster vom Sofa.

Ich betätigte die Waffe, zuckte zusammen, die Kugel sauste ins Leder.

»Du hast jetzt Schmauchspuren an den Händen und deine Fingerabdrücke sind auf der Waffe«, erklärte Frank Foster. »Der erste Schuss ging daneben, aber dann hast du Jesberg erwischt.«

»Du willst mir den Mord anhängen?«

»Ist doch besser, als von mir erschossen zu werden, oder?«

»Warum gibst du dir solche Mühe? Wirst du etwa sentimental? Oder hast du Angst, dass wirklich jemand gesehen hat, wie ihr beide das Haus betreten habt?«

»Wir sind nicht zusammen die Treppe hoch. Und falls wirklich jemand gesehen hat, dass ich das Haus betreten habe – was soll's? Du hast mich schließlich gerufen.«

»Ach ja?«

Foster setzte sich in einen Stuhl. »Ich will dir die Geschichte erzählen, Grappa. Du magst doch heiße Storys. Jesberg hat dich rausgeschmissen. Du wolltest aber noch mal mit ihm reden, weil du an deinem Job hängst. Doch er ist hart geblieben, hat dich provoziert, dich beleidigt. Da bist du durchgedreht.«

»Und die Waffe?«, fragte ich. »Ich habe nie ein solches Ding besessen.«

»Na und? Ich werde aussagen, dass du mich vor ein paar Tagen gebeten hast, dir eine zu besorgen. Weil du dich durch die Neonazis bedroht fühltest. Diese Waffe ist nirgendwo registriert.«

»Und wie willst du dein Erscheinen in der Wohnung erklären?«

»Du hast Jesberg erschossen, warst außer dir und hast mich, deinen Kollegen, in deiner Not angerufen. Ich bin gekommen und habe natürlich sofort die Polizei gerufen.«

»Du bist ein Schwein!«, sagte ich mit Inbrunst. »Damit kommst du nicht durch.«

»Bis die Polizei dahinter kommt, wie's wirklich gelaufen ist, bin ich über alle Berge.«

»Ich krieg dich«, sagte ich kalt.

Foster lachte. »Ich schlottere ja vor Angst! Wenn du es clever anstellst, Grappa, dann kommst du mit Totschlag im Affekt davon. Ich werde auf jeden Fall bestätigen, dass du völlig verstört warst, als ich die Wohnung betrat. Und jetzt entspann dich. Gleich kommt dein großer Auftritt in dem Theaterstück.«

Foster nahm Jesbergs Handy. »Ich muss eine schreckliche Bluttat melden«, hörte ich ihn sagen. »Kommen Sie bitte schnell.« Er nannte meine Adresse, seinen Namen und versicherte, bis zum Eintreffen der Polizei zu warten.

»Das wirst du mir büßen«, murmelte ich.

Die Harten im Garten

Bei einer ersten Vernehmung erzählte ich die Geschichte so, wie sie sich wirklich zugetragen hatte, und beschuldigte Frank Foster, Jesberg erschossen zu haben.

Foster zeigte sich tief erschüttert über meine Vorwürfe.

Im Polizeipräsidium wurde ich auf Spuren untersucht. Natürlich fanden die Beamten Schmauchspuren an meiner Hand, was ja auch nicht weiter verwunderlich war.

Danach verbrachte ich die erste Nacht meines Lebens in einem Untersuchungsgefängnis. Es war mir ziemlich egal. Klar, es gab abends kein Fernsehen und keinen trockenen Wein, doch die Erleichterung, dass ich die Sache überlebt hatte, überwog.

Am nächsten Morgen erschien Peter Jansen mit einem Anwalt. Ich wiederholte meine Aussage und der Verteidiger machte mir Mut.

»Frau Jesberg sitzt gerade bei der Kripo«, wusste Jansen zu erzählen. »Es geht um das merkwürdige Telefongespräch, das ihr beide gestern geführt habt. Sie hat bemerkt, dass etwas faul war, wusste aber nicht, wo du dich aufhieltest.«

Zwei Stunden später, es war Mittag, nippte ich versuchsweise an einer zermatschten Kohlroulade mit salziger Specksoße und einem glitschigen Kartoffelkloß. Ich hatte eigentlich gehofft, längst frei zu sein, doch die Gerechtigkeit nahm einen langsamen Lauf.

Am frühen Nachmittag schließlich wurde ich aus der U-Haft entlassen, bekam meine Sachen zurück und stand vor dem Gefängnistor.

Peter Jansen wartete vor dem Knast auf mich.

»Na endlich«, sagte ich. »Erzähl mal, wie's gelaufen ist! Ist Frank Foster noch frei oder schon eingelocht?«

»Das ist wesentlich komplizierter. Aber ich erzähl dir alles später, Grappa«, versprach er. »Komm jetzt hier weg. Sonst überlegen die sich das noch anders. Ich fahre dich nach Hause.«

»Gut. Ich muss dringend unter die Dusche. Und ich will eine Pizza. Mit viel Peperoni. Ich hab den Knastfraß nicht runterkriegen können.«

»Was muss eigentlich geschehen, damit du mal keinen Appetit hast?«

»Da hilft nur eine richtige Krankheit«, klärte ich ihn auf. »Ich hatte mal eine Magen-Darm-Grippe. Da hab ich in einer Woche fünf Pfund abgenommen.«

Treuherzig wie er war, hielt Jansen an einer Pizzeria. Zehn Minuten später hielt ich zwei heiße Schachteln auf meinem Schoß.

In meiner Wohnung sah fast alles normal aus. Die Leiche war weggebracht worden, das schwarze Ledersofa zierte zwar ein Kissen weniger, aber das störte mich nicht. Blutflecken konnte ich auf den ersten Blick nicht mehr entdecken. Trotzdem würde ich das Sofa auf den Müll werfen.

Ich duschte rasch. Jansen hatte inzwischen die Pizzas auf zwei Teller gelegt.

»Sie fahnden nach Frank Foster«, begann Jansen mit seinem Bericht. »Er ist verschwunden.«

»Wieso? Er war doch ganz stolz, den Kronzeugen gegen mich spielen zu können!«

»Zunächst hattest du wirklich ziemlich schlechte Karten, Grappa. Doch dann ist etwas passiert. Rate mal, wer dich wirklich vor dem Knast gerettet hat?«

»Das kann nur Anna Jesberg gewesen sein. Sie hat der Polizei von dem Telefonat erzählt. Und die Polizisten haben zwei und zwei zusammengezählt.«

»Das hat sie tatsächlich getan«, bestätigte Jansen. »Das war aber nicht der Grund für deine Freilassung.«

Er biss in eine Pizzaecke.

»Dann sag schon!« Ich ließ eine lange Peperoni-Schote in meinen Mund gleiten. »Hör auf mit dem Quiz!«

»Erinnerst du dich noch an Simon Bator?«

»Nein«, knurrte ich. »Der Name sagt mir nichts.«

»Grappa! Simon hat dich gerettet!«

»Und? Welche Heldentat hat er zu meiner Rettung vollbracht?«

»Du hast damals nicht alle Wanzen gefunden. Eine war noch übrig – irgendwo in der Nähe des Sofas. Simon hat das Gespräch zwischen dir, Foster und Jesberg aufgezeichnet, den Mord selbstverständlich auch – und eine Anzeige in Kauf genommen.«

Ich bekam einen Hustenanfall. Die Schärfe der Schote und Jansens Bericht nahmen mir den Atem.

»Die Polizei hat dieses Band und jetzt ist es klar, dass deine Geschichte stimmt.«

»Oh, Mist!«, meinte ich zerknirscht. »Ich habe Bator ungerecht behandelt. Ich glaube, ich muss mich bei ihm entschuldigen.«

»Finde ich auch.«

»Ich kann ihn leider nicht anrufen. Meine Telefone sind kaputt.«

»Keine Ausreden! Du weißt doch noch, in welchem Hotel er wohnt!«

»Du meinst, ich soll hinfahren?«

»Sicher.«

»Ich werde es tun«, versprach ich. »Sobald ich mich ein bisschen erholt habe.«

Wir aßen zu Ende und spülten mit einem Cappuccino nach.

»Foster ist zwar abgetaucht«, fuhr Jansen fort, »doch der Staatsschutz glaubt, dass die Rechten planen, in Bierstadt eine rechtsterroristische Armee zu gründen. Foster sprach von einer großen Aktion. Erinnerst du dich?«

»Nur dunkel. Ich hatte andere Dinge zu tun, als auf rhetorische Feinheiten zu achten.«

»Kann ich mir denken«, lachte Jansen. »Ich bin so froh, dass dir nichts passiert ist, Grappa-Baby.«

»Nur die Harten kommen in den Garten.«

Wir räumten das Geschirr zusammen.

»Ich fahre nun bei Bator vorbei«, kündigte ich an.

»Das ist eine gute Idee«, lobte Jansen.

Wir verließen die Wohnung.

Kosmo hatte mein Auto wieder vor dem Haus geparkt, der Schlüssel lag in meinem Briefkasten.

»Sei nett zu Simon«, riet mir Jansen. »Er mag dich wirklich – auch wenn du's nicht ertragen kannst, wenn dir einer nah kommen will.«

»Er mag's auch nicht.«

»Ich weiß. Das macht die Sache ja so schwierig.«

Der Opa und der Regenwald

»Der Herr sitzt an der Hotelbar«, teilte mir der uniformierte Empfangsherr an der Rezeption mit. Tatsächlich, da war er. Simon Bator hockte mit dem Rücken zu mir am Tresen der Bar, vor sich ein Glas, das einmal voll gewesen war.

Ich pirschte mich an ihn heran. Als ich etwa drei Meter von ihm entfernt war, bemerkte mich der Barkeeper, daraufhin wandte sich Simon auf seinem Hocker um.

Seinen Augen sah ich an, dass das leere Glas vor ihm nicht das erste gewesen war.

»Hallo, Simon«, sagte ich. »Schön, dich zu sehen.«

»Frau Grappa höchstpersönlich!«, meinte er spöttisch und ein wenig zu laut.

»Willst du mit mir reden?«, fragte ich. »Wenn nicht, dann verschwinde ich wieder und du kannst das nächste Glas bestellen.«

»Ist schon bestellt«, sagte er. »Der beste Grappa, den sie in diesem Laden haben.« Er artikulierte nicht mehr besonders präzise.

»Ich bin nur hier, um mich zu bedanken.«

»Wofür? Dass ich deine Wohnung verwanzt habe?«

»Wenn du es so sehen willst. Ich bedanke mich, weil du mir aus der Patsche geholfen hast.«

Der Kellner stellte ein Glas auf die Theke.

»Das war doch selbstverständlich. Meinst du, ich lasse dich ins Gefängnis wandern? Bei all dem, was gewesen ist ... Immerhin waren wir mal Freunde.«

»Das sind wir immer noch«, sagte ich. »Nur weil wir uns mal gestritten haben, ist es doch mit unserer Freundschaft nicht vorbei, oder? Ich habe immer viel Stress mit den Menschen, die ich mag. Das macht das Leben bunt.«

Er musterte mich eine Weile, dann lachte er. »Es hätte mich gleich warnen müssen, dass dich nie jemand bei deinem Vornamen nennt. Maria – das klingt auch viel zu sanft für dich.«

»Eigentlich heiße ich Gänseliesel.«

»Grappa! Grappa! Grappa!« Er hob das Glas und prostete mir zu.

»Da steckt was hinter. So ein Name! Da wird den Weintrauben die letzte Seele ausgequetscht. Grappa sieht aus wie klares Wasser und brennt höllisch bei jeder Berührung auf der Haut. Kommt man mit offenem Feuer, explodiert alles und fliegt in die Luft. Hast du eine offene Wunde, kannst du das Zeug drübergießen – es schickt jede Bakterie ins Jenseits. Und wenn du's in dich hineinschüttest, bekommst du einen warmen Bauch und einen vernebelten Verstand.«

Bator lachte laut und schallend. Die anderen Gäste sahen pikiert zu uns her. Ich streckte einem Mann, der besonders empört wirkte, die Zunge raus.

»Du hättest Psychologe werden sollen«, raunte ich. »Küchenpsychologe. Du schlägst jeden Briefkastenonkel um Längen. Können wir jetzt endlich gehen?«

»Wohin?«

»Auf dein Zimmer.«

»Du willst schon wieder Sex?«, fragte er sehr laut. Als er die entsetzten Mienen um uns herum bemerkte, lachte er wieder.

Das Publikum in der Bar hatte nun erst recht die Ohren gespitzt. Der Barkeeper war bleich geworden, rang wohl mit sich, ob er uns rausschmeißen sollte. Die Sache begann spannend zu werden.

»Komm jetzt endlich!« Ich zupfte an Bators Arm.

»Haben Sie das gehört?« Simon hatte sich mit ausladender Geste an unsere Zuhörer gewandt. »Wissen Sie, was ich will?«

Niemand antwortete.

»Grappa auf meinem Zimmer!« Bator begann zu kichern, weil er glaubte, einen Witz gelandet zu haben.

Ich hakte ihn unter und versuchte, ihn mit mir zu ziehen. Er ließ es zum Glück geschehen.

»Ich kenne Sie!«, lallte Simon einen älteren Mann an, der – in Gesellschaft von vier weiteren gut gekleideten Herren – unseren Abgang interessiert beobachtete.

»Lass den Opa in Ruhe!«, zischte ich, als Bator die Hand des Mannes greifen wollte, um sie zu schütteln.

»Der Herr hat Recht«, sagte der Mann zu mir. »Er hat mich tatsächlich schon mal gesehen. Ich bin Hermann Krause, Verleger des *Bierstädter Tageblattes.*«

Bingo, dachte ich. Immerhin wusste der Verleger meinen Namen nicht, das konnte mich retten.

»Bringen Sie Herrn Bator auf sein Zimmer«, meinte Krause mit einem amüsierten Lächeln. »Und lassen Sie das mit dem Sex. Sie müssen morgen topfit sein, Frau Grappa. Oder haben Sie nicht vor, zur Arbeit zu gehen?«

»D… doch«, stotterte ich.

»Schönen Abend noch!«, wünschte Krause.

Ich packte Simon und zog ihn zum Aufzug.

»Da haben wir beide ja eine tolle Show abgezogen«, stellte ich fest. »Du bist voll stramm und ich sage Opa zu dem Typ.«

»Und lassen Sie das mit dem Sex ...«, machte Simon den Verleger nach. »Der Mann hat keine Ahnung, wie das bei dir läuft, meine süße Grappa! Gerade wenn es dir jemand so richtig ...«

»Sei nicht so verdammt anzüglich«, giftete ich. »Nur weil du mich aus dem Knast befreit hast, kannst du dir noch lange nicht alles erlauben.«

Wir waren vor seinem Zimmer angelangt. Er war so zu, dass er noch nicht mal den Schlüssel ins Schloss bekam.

»Deine Treffsicherheit lässt wirklich zu wünschen übrig«, brummte ich.

»Ich werde dir gleich das Gegenteil beweisen, Gänseliesel.«

»Lass mal stecken, Baby! Und das meine ich wörtlich.«

Im Zimmer bugsierte ich ihn aufs Bett.

»Zieh dich aus!«, forderte ich. »Aber nur den Anzug.«

Als er im Hemd und im Slip vor mir saß, musste ich lachen.

»Sei ein braver Junge und schlaf ein paar Stunden. Bis du den Grappa aus deiner Birne hast. Ich rufe dich morgen an, wenn du wieder fit bist. Okay?«

Mit müden Augen nickte Simon. Jetzt hatte er endlich genug. Er kippte rücklings auf die Matratze.

Ich zog ihm die Decke bis unters Kinn. Als ich an der Tür war, hörte ich ihn schwer atmen, kurz danach begann er mit einem mittleren Schnarchkonzert.

Nichts wie weg. Männer, die im Schlaf Regenwälder vernichten, sind mir schon immer unheimlich gewesen.

Versager auf der Flucht

»Haben Sie schon eine Ahnung, wo sich Frank Foster befindet?« Ich hatte Hauptkommissar Anton Brinkhoff angerufen.

»Leider nein. Er ist irgendwo abgetaucht. Er hat ja auch genug Freunde in der rechten Szene.«

»Unglaublich«, meinte ich. »Ich habe ihn für einen guten Kollegen gehalten. Zumindest am Anfang. Ich habe ihm vertraut. Er hatte die linken Sprüche drauf, die gut ankommen – faselte etwas von Demokratie, von Widerstand, von Menschenwürde ...«

»Diese Begriffe existieren inzwischen auch in der rechten Szene«, erklärte Brinkhoff. »Foster hat übrigens schon häufiger als Spion gearbeitet. Jesberg hat ihn ins *Tageblatt* geschleust.«

»Woher wissen Sie das alles?«

»Wir haben Arco Blum festgesetzt. Er redet wie ein Buch. Dafür kommt er ins Zeugenschutzprogramm.«

»Dieser widerliche Kerl?« Ich konnte nicht glauben, dass der Privatschnüffler straffrei ausgehen sollte.

»Wir brauchen seine Aussage. Er hat wichtige Informationen über den Aufbau der *Aktion des nationalen Widerstandes.* Kennt Namen, Orte und Pläne.«

»Foster hat etwas von einer großen Sache erzählt«, erinnerte ich mich. »Haben Sie eine Ahnung, was er damit gemeint haben könnte? Ist da irgendwas geplant?«

»Nein. Blum weiß darüber nichts.«

»Glauben Sie ihm?«

»Ja. Als Jesberg Fehler machte, musste er seine Führung an Foster abgeben. Damit war auch Blum aus dem Rennen. Und damit auch abgeschnitten von Informationen. Foster hat mit Blum nicht zusammengearbeitet.«

»Es wird Zeit, dass Foster verhaftet wird, damit der Spuk ein Ende hat.«

»Er ist bei seinen rechten Freunden in Ungnade gefallen. Er wollte Ihnen den Mord anhängen und hat kläglich versagt – zumindest in den Augen seiner Organisation. Es dürfte nur eine Frage der Zeit sein, bis wir ihn kriegen. Falls ihn seine Kumpane nicht vorher schnappen und hinrichten.«

Alles wie gehabt

Mit klopfendem Herzen und aufrechtem Gang trat ich am nächsten Morgen durch die Tür des Verlagshauses. Niemand hielt mich auf. Der Pförtner tippte wie gewohnt an seine Mütze, als ich ihn passierte.

»Hallo, Frau Grappa, da sind Sie ja wieder!« Redaktionsbote Klump war der Erste, der mich ansprach.

»Hallo, Klümpchen. Alles im Griff?«

»Na klar. In drei Wochen geh ich in Pension.«

»Dann lassen Sie's mal langsam angehen«, riet ich.

»Sicher. Schönen Tach noch.«

Als Nächster überfiel mich Big Mäc mit der Nachricht, dass er einen unbefristeten Vertrag bekommen hatte – nicht von Jesberg, sondern von Peter Jansen. Er würde jetzt doch nicht zu der Nachrichtenagentur gehen, sondern in Bierstadt bleiben.

Jansen saß – wie selbstverständlich – in seinem Büro, als sei er niemals weg gewesen. Es erinnerte nicht mehr viel an Jesberg. An der Wand lehnten nur noch die coolen Kunstdrucke. Das Jansen-Chaos begann sich schon langsam auf dem Schreibtisch auszubreiten.

»Es ist wieder alles beim Alten, Grappa-Baby«, sagte Jansen zufrieden und strich sich über den Bauch. »So, als sei alles nur ein böser Traum gewesen.«

»Es war ein sehr böser Traum«, bestätigte ich. »Und ich bin froh, dass wir aufgewacht sind.«

»Kannst du den Artikel schreiben?«

»Welchen Artikel?«

»Über das, was sich in den letzten Wochen bei uns abgespielt hat. Wir müssen unseren Lesern einiges erklären. Ein toter Redaktionsleiter, der zwei Menschen auf dem Gewissen hat, ein Redakteur, der wegen Mordes von Interpol gesucht wird, eine Redakteurin, in deren Wohnung die Leiche ihres Chefs gefunden wurde …«

»Kompliziertes Thema, das eine überaus diplomatische Handhabung verlangt.«

»Finde ich auch. Deshalb kommst ja nur du in Frage!«

»Danke für die Blumen. Ich wusste gar nicht, dass du mich für sensibel hältst«, staunte ich.

»Sensibel ist dein zweiter Vorname, Grappa.« Jansen konnte sich ein Grinsen nicht verkneifen. »Also – an die Arbeit. Hundert Zeilen auf der Eins – kommst du damit aus?«

Ich setzte mich an meinen PC und versuchte, mich einzuloggen. Vergeblich. Kein Wunder, immerhin hatte Foster die letzten Tage vor dem Ding gesessen. Plötzlich kam mir eine tolle Idee.

Ich besorgte mir Fosters Personalnummer. Sie musste beim Anmelden eingegeben werden, danach fragte der Rechner nach einem individuellen Passwort. Fosters kannte ich natürlich nicht.

Ich versuchte ein paar Varianten auf gut Glück, doch weder bei *Patriot* noch bei *Widerstand* oder *Guerilla* erhielt ich Zugang, auch nicht bei Namen wie *Adolf Hitler* oder *Saddam Hussein*.

»Weißt du Fosters Passwort?«, fragte ich Jansen am Telefon. »Ich versuche gerade, meinen Computer zu starten.«

»Die Polizei war da schon aktiv. Sie sind auch hinter Fosters Infos her. Der Verlag hat unseren PC-Administrator auf die Sache angesetzt«, erklärte Jansen. »Der hat sich aber noch nicht darum kümmern können, weil er krank ist.«

Schade, dachte ich. Ich versuchte es noch ein paar Mal und wollte gerade aufgeben, als Big Mäc mein Zimmer betrat.

»Weißt du zufällig Fosters Passwort?«, fragte ich.

»Nein. Aber ich weiß, dass er es jede Woche geändert hat.«

»Verdammt!«, fluchte ich. »Das macht die Sache ja noch schwieriger. Foster scheint ein Gedächtnis wie ein Buch zu haben. Ich könnte mir nicht jede Woche ein anderes Passwort merken.«

»Er ja auch nicht«, sagte Big Mäc.

»Wie meinst du das?«

»Er hat es sich immer aufgeschrieben. Schlaue Sache, das.«

»Weißt du, wo?« Mir wurde heiß vor Aufregung.

»Sicher. Auf einem Zettel, den er unter die Schreibtischplatte geklebt hat.«

Sofort ließ ich mich auf den Boden fallen, um den Tisch von unten zu betrachten.

»Mensch, Big Mäc, hier hängt was!«, jubelte ich. »Ich könnte dich küssen.«

Auf dem Papier hatte sich Foster eine Reihe von Begriffen notiert, fast alle waren durchgestrichen, nur der letzte nicht. Da stand: *grap-pa*.

»Der Mistkerl hat meinen Namen genommen. Mit einem Bindestrich in der Mitte, weil ein Passwort mindestens sieben Zeichen haben muss!«

»Dann braucht du ja kein schlechtes Gewissen zu haben, wenn du in seinen Sachen rumschnüffelst. Super Sache, das!«, versicherte der Fotograf.

Ich gab *grap-pa* ein und erhielt sofort Zugang.

Der Computer verwahrte ein Verzeichnis mit Fosters Korrespondenz, die ich allerdings nicht lesen konnte, weil dazu ein zusätzliches Passwort nötig war.

Ich klickte den Ordner *Termine* an – und hier hatte ich Glück. Ich war drin.

Foster hatte die Daten einiger Treffen festgehalten, unter anderem die des Aufmarsches vom vergangenen Samstag; aber auch Termine, die noch nicht stattgefunden haben konnten, blinkten mir entgegen.

»Komisch!«, sagte ich.

»Was ist komisch?« Big Mäc blickte mir über die Schulter.

»Dieser Termin hier.« Ich deutete auf das Wort *Streichelzoo*. »Was kann das bedeuten?«

»Ich habe übermorgen einen Termin im Streichelzoo«, erklärte der Fotograf. »Wichtige Sache, das. Der Ministerpräsident kommt. Ich musste mich extra akkreditieren lassen.«

»Was? Der Ministerpräsident geht in den Zoo? Warum?«

»Er ist sowieso hier. Morgens hat er eine Konferenz bei der sozialdemokratischen Arbeitnehmerschaft im Goldsaal. Danach vegetarisches Mittagessen in der BSE- und MKS-freien Kantine der Stadtverwaltung im Begleitung von Oberbürgermeister Jakob Nagel und am frühen Nachmittag Termin mit schwer erziehbaren und psychisch kranken Kindern, ihren Eltern und Betreuern im Streichelzoo.«

»Und was macht er da? Ziegen melken?«

»Die gleiche Nummer wie immer. Warmer Händedruck für die Mütter, Kopfstreicheln der lieben Kleinen. Öde Sache, das.«

»Er will den Ministerpräsidenten killen«, murmelte ich. »Das ist die Aktion, die er braucht, um voll in die Schlagzeilen zu kommen. So kriegen sie wenigstens Publizität für ihre so genannte große Sache.«

»Wer will wen killen?« Big Mäc schaltete piano.

»Foster wird da sein«, sagte ich aufgeregt. »Da können wir dieses verdammte Faschistenschwein erwischen!«

»Glaub ich nicht. Da ist doch alles hundertprozentig abgeriegelt«, widersprach Big Mäc. »Der Ministerpräsident hat 'ne Horde von Bodyguards um sich herumspringen. Da kommt keiner dran an den. Unmögliche Sache, das.«

»Ich muss die Polizei informieren«, meinte ich entschlossen.

Ich rief Brinkhoff an, der versprach, den Staatsschutz über meinen Verdacht zu unterrichten. Der Hauptkommissar erschien mir allerdings etwas desinteressiert.

»Halten Sie einen Anschlag denn für abwegig?«, fragte ich ihn.

»Kann sein, dass Foster etwas in dieser Richtung geplant hatte«, antwortete Brinkhoff. »Doch – jetzt kann er nichts mehr tun. Die Sache hat sich sozusagen erledigt.«

»Wieso?« Ich kapierte nicht.

»Fosters Leiche ist gefunden worden. Mit einem Schuss im Kopf. Im Hamburger Hafen.«

»Das ist ein Hammer! Waren es seine eigenen Leute?«

»Sieht ganz so aus.«

»Schade«, stellte ich fest. »Ich wäre gern dabei gewesen, wenn man ihn geschnappt hätte. Noch einmal wollte ich ihm in die Augen sehen, diesem Verräter.«

»Seien Sie froh, dass es so gekommen ist«, sagte der Kommissar. »Das erspart dem Staat einen langen teuren Prozess. Foster wäre vermutlich mit ein paar Jährchen davongekommen. Jetzt haben ihn die Nazis aus dem Verkehr gezogen.«

Geständnis

Die Nachricht von Fosters Ermordung hatte mich mehr beeindruckt, als ich gedacht hatte. Nein, es war keine Trauer, die ich empfand, obwohl wir einmal so etwas wie Freunde gewesen waren.

Ich begann über meinen Artikel nachzugrübeln. Das Thema war schwierig – immerhin musste ich unseren Lesern klarmachen, dass sich ihr *Bierstädter Tageblatt* längere Zeit in den Händen von Rechtsradikalen befunden hatte.

Vielleicht löste die ungeschminkte Wahrheit das Problem. Allerdings musste ich den Verleger Hermann Krause mit ins Boot holen, er trug schließlich die Verantwortung für Jansens Absetzung und die Inthronisierung seines Schwiegersohnes.

»ES TUT MIR LEID« – VERLEGER RÄUMT FEHLER IN DER UNTERNEHMENSPOLITIK EIN – so die Überschrift.

Die Mitarbeiter unserer Zeitung sind erleichtert, denn ein böser Traum hat ein Ende gefunden. Sie, als unsere Leserinnen und Leser, haben das Recht zu erfahren, was geschehen ist:
Das Bierstädter Tageblatt *war mehrere Wochen in der Hand von Menschen, die Rassenhass und Fremdenfeindlichkeit zum Inhalt ihrer Politik machen.*
»Ich habe eine unternehmerische Fehlentscheidung getrof-

fen« – so der Verleger des Bierstädter Tageblattes. *»Dieser Fehler hat dazu geführt, dass diese Zeitung, die sich in ihren Richtlinien als demokratisch, sozial und liberal versteht, einige Zeit zum Spielball rechtsradikaler Bestrebungen werden konnte. Dafür entschuldige ich mich bei unseren Lesern – ich hoffe, dass sie dem* Bierstädter Tageblatt *trotzdem treu bleiben.«*

Danach erzählte ich die Geschichte in groben Zügen.

Natürlich verschwieg ich, dass Jesberg sein Leben auf meinem schwarzen Ledersofa beendet hatte, ich erzählte auch nicht, dass das Unheil mit dem Mord an Buffalo begonnen hatte, der der Miet-Lover der Verlegertochter gewesen war.

Dafür spielte Simon Bator in meinem Artikel eine heldenhafte Rolle. Ich erklärte ihn zum unermüdlichen Mahner, der Jesbergs Spiel von Anfang an durchschaut und sich mit Peter Jansen verbündet hatte, um das *Tageblatt* aus den Fängen der Faschisten zu befreien.

Mein Story war eine mutige Mischung aus Fakten, Eiertanz und ausschweifender Fantasie – ab und zu mit einem Stückchen Wahrheit besprenkelt.

Ich rief in der Verlegervilla an, um Hermann Krause schonend beizubringen, was er morgen in seiner Zeitung seinen Lesern sagen würde.

Der alte Herr war sofort am Telefon. Mit lauter, trotziger Stimme las ich die Passagen vor, die ihn betrafen.

»Das ist starker Tobak!«, meinte er.

»Aber es ist die Wahrheit!«

»Ich soll öffentlich zugeben, dass ich ein Depp bin?«

»Sie geben nur zu, dass Sie einen Fehler gemacht haben. Das passiert jedem mal.«

»Aber nicht mit solchen Konsequenzen.«

»Für die Toten können Sie nichts.«

»Na gut. Ich werd's überstehen. Immerhin habe ich meine Tochter wieder, das Blatt ist auf einem guten Weg und mein Schwiegersohn enttarnt.«

»Warum haben Sie das eigentlich gemacht?«

»Was?«, fragte Hermann Krause.

»Jansen rausgeworfen.«

»Ich wollte, dass Jesberg sesshaft wird. Meiner Tochter zuliebe.«

Auch Jansen akzeptierte mein Werk im Großen und Ganzen. Nur die ganz reißerischen Formulierungen hackte er weg.

»Das wäre geschafft!«, atmete er durch. »Ab morgen herrschen hier wieder normale Verhältnisse. Lust auf Mandelhörnchen, Grappa? Oder magst du die süßen Dinger nicht mehr?«

»Eigentlich schon«, gab ich zu. »Aber ich habe schon ewig keine mehr verdrückt. Irgendwie war alles so anders in den letzten Wochen.«

»Das ist ja nun vorbei. Oder?«

»Hoffentlich«, sagte ich.

Da kommt noch was nach, dachte ich. Nur was? Mein Hirn konnte sich nicht damit abfinden, dass die große Entwarnung stattgefunden hatte.

Am Abend rief ich Simon Bator an.

»Hallo, Gänseliesel«, sagte er.

»Was macht dein Schädel?«

»Er brummt gewaltig«, gab er zu.

»Das ist gut. Du hast es nicht besser verdient.«

»Du bist grausam.«

»Zu viel Grappa hat noch niemandem gut getan. Die richtige Dosierung macht's.«

»Das weiß ich jetzt auch«, bekannte Bator.

»Weißt du schon, dass Foster tot ist?«, änderte ich das Thema.

»Was? Wie ist es passiert?«

»Das kannst du morgen im *Tageblatt* nachlesen, du Saufnase. Ich arbeite seit heute wieder.«

»Endlich!«

»Hast du Lust, mich zu sehen? Dann erzähle ich es dir schon heute.«

»Bei dir?«

»Klar. Du kriegst Mineralwasser, saure Gurken und ein paar Kopfschmerztabletten. Reizt dich das nicht?«

»Ich bin gleich bei dir.«

Tiere und Kinder

Er blieb über Nacht. Alle atmosphärischen Störungen waren verschwunden, als habe es niemals Streit, Vertrauensbruch und Verletzungen gegeben.

Am Morgen begann ich über das zu reden, was seit Stunden wie ein dumpfer Schatten über meiner Stimmung lag.

»Die Geschichte ist mit dem Tod Fosters noch nicht zu Ende. Da kommt noch was nach.«

»Du könntest Recht haben«, sagte Bator. »Die *Aktion des nationalen Widerstandes* braucht dringend ein Zeichen, um sich in der Szene zu etablieren.«

»So sehe ich das auch. Und was eignet sich dazu mehr als ein terroristischer Anschlag auf eine bekannte politische Persönlichkeit? Und die trifft morgen in Bierstadt ein.«

»Du glaubst, dass sie es auf den Ministerpräsidenten abgesehen haben ...«

Ich nickte.

»Das wird schwierig sein«, gab Bator zu bedenken. »Der Mann hat ein volles Programm, eine Horde von Sicherheitskräften um sich und ... die Behörden sind gewarnt. Wie sollte ein Attentäter an ihn herankommen?«

»Ich weiß, wie ich es machen würde, wenn ich ihn umbringen wollte.«

»Interessant. Dann erzähl mal.«

Wir saßen am Frühstückstisch, hatten die Reste aus Schrank und Kühlschrank vernichtet und waren gerade bei der zweiten Kanne Kaffee.

»Er hat morgen Nachmittag einen Termin im Streichelzoo.«

»Streichelzoo?«

»Das ist eine besondere Abteilung im Bierstädter Tierpark. Extra für Kinder. Da stehen Schafe, Ziegen und Ponys herum, da watscheln ein paar Gänse durchs Gehege. Alles harmlose Kreaturen. Politiker gehen gern dorthin, wenn sie sich mit Kindern und Tieren fotografieren lassen wollen. Das macht sie so menschlich. Rechts das Schaf, links das Kind, zwischen beiden der jeweilige Politiker. Fast alle Polit-Promis rennen in den Zoo. Morgen trifft dort der Ministerpräsident mit schwer erziehbaren Kindern, ihren Müttern und Betreuern zusammen. Er überreicht ihnen einen Scheck für eine neue Ambulanz.«

»Würdest du dich als Mutter verkleiden?«, grinste Simon. »Oder als schwer erziehbares Kind?«

»Ich würde auf jeden Fall versuchen, mein Opfer im Zoo zu erwischen. Und in meiner Handtasche hätte ich eine Waffe. Und zum richtigen Zeitpunkt ...« Ich formte die Hand zu einer Waffe und drückte ab.

»So kann das nicht funktionieren«, widersprach Bator. »Alle Besucher des Zoos werden an diesem Tag kontrolliert. Da hättest du keine Chance mit einer Waffe im Handtäschchen.«

»Lass uns abwarten«, meinte ich. »Ich bin jedenfalls morgen dabei.«

»Wie hast du so schnell eine Akkreditierung bekommen?«

»Jansen hat das möglich gemacht. Ich werde Fosters Platz einnehmen. Der braucht ihn ja jetzt nicht mehr.«

»Ausgerechnet.«

»Hältst du das für ein schlechtes Omen?«

»Ich glaube eigentlich nicht an solche Dinge«, antwortete Simon nachdenklich. »Aber ... ein bisschen gruselig ist es schon, dass du mit dem Ticket eines Toten deiner Arbeit nachgehen musst.«

Also doch!

Am nächsten Tag rückte der Landesvater in Bierstadt an, um sein Programm zu absolvieren. Die Medien waren erst nachmittags erwünscht, eben zu diesem Termin im Zoo.

Eine halbe Stunde vorher erreichte mich ein Anruf von Big Mäc, der mich begleiten sollte. Er steckte in einem Stau und bat mich, ohne ihn zum Tierpark zu fahren. Wir würden uns dann direkt vor dem Streichelzoo treffen.

»Bis dann, Grappa«, verabschiedete sich der Fotograf.

Am Eingang des Tierparks legte ich meine Akkreditierung, meinen Presseausweis und meinen Personalausweis vor, wurde von einer weiblichen Sicherheitskraft abgetastet, nachdem sie einen genauen Blick in meine Handtasche geworfen hatte. Mein Handy musste ich abgeben, es wurde in einen Plastikbeutel gesteckt, der mit meinem Namen versehen wurde.

Bevor ich durchs Tor ging, blickte ich mich um. Von Big Mäc war nichts zu sehen. Vielleicht erwartete er mich schon drinnen.

Zusammen mit anderen Medienvertretern, Fotografen und Kamerateams schlenderte ich zur Kinderabteilung des Tierparks. Überall standen Männer an den Wegen, die das Treiben aufmerksam beobachteten. Sie wirkten zu unauffällig, um es wirklich zu sein.

Als der Weg zum Streichelzoo nach rechts abging, wurden wir noch einmal durchsucht und mussten erneut die Ausweise vorlegen.

Hier kommt wirklich niemand durch, der Böses vorhat, dachte ich. Doch mein flaues Gefühl blieb.

Im Kleintiergehege bekamen die Journalisten einen abgesperrten Bereich zugeteilt, die Fotografen durften sich ganz vorn postieren, damit sie einen freien Blick auf den Politiker und seine Aktionen hatten.

Ich reckte meinen Hals. Von Big Mäc noch immer keine

Spur. Anrufen konnte ich ihn nicht, denn mein Handy lag ja an der Pforte.

Panik ergriff mich. Es war nicht Big Mäcs Art, mich hängen zu lassen. Er hatte noch nie einen Termin verpasst.

Es war zu spät, weitere Überlegungen anzustellen, denn der Politiker rückte an. Ein Lächeln auf den Lippen, jovial winkte er nach rechts und links – es war die gleiche Nummer wie immer. Neben ihm lief Bierstadts Oberbürgermeister Jakob Nagel. Er nieste unaufhörlich.

»Er hat eine Tierhaarallergie«, klärte mich ein Kollege von der Konkurrenzzeitung auf. »Wenn er gleich die Ziege streicheln muss, kriegt er Pusteln und sieht aus wie ein Streuselkuchen. Oder er kippt sofort aus den Latschen.«

Ich hörte kaum zu, sondern beobachtete das Umfeld. Nichts Ungewöhnliches. Rechts vor dem Raubtiergehege bemerkte ich Lehrling Thimo Krause, der das Geschehen aufmerksam verfolgte.

Könnte er der Attentäter sein?, schoss es mir durch den Kopf. Das wäre die perfekte Tarnung. Als Auszubildender im Zoo war er ohne Probleme durch die Überprüfung gekommen, eine Waffe hätte er schon vor Tagen in den Tierpark schmuggeln können.

Aber – was sollte das Motiv sein? Thimo war selbst zum Opfer der Faschisten geworden, hatte keinen Grund, ihnen zu helfen. Was aber, wenn die Entführung nur inszeniert worden war, um jeden Verdacht einer Komplizenschaft mit den Neonazis von vornherein zu zerstören?

Der Ministerpräsident hatte mit seiner Rede begonnen, meine Berufskollegen schrieben eifrig mit, nur ich konnte keinen Finger rühren. Jakob Nagel begann zu husten. Der Landesvater zuckte ärgerlich und unterbrach seinen Vortrag.

Als dem Politiker ein kleines Mädchen gereicht wurde, nahm er es auf den Arm. Blitzlichtgewitter. Manche Fotografen verließen den abgesperrten Bereich, um ein paar Close-ups von dem ungleichen Paar auf den Film zu bannen.

Eine Frau reichte dem Oberbürgermeister ein kleines Lamm. Mit panischem Blick ergriff er das Tier, wandte das

Gesicht ab und begann zu röcheln wie ein Asthmatiker kurz vor dem Ableben. Jemand entriss dem OB das Tier wieder. Tumult kam auf. Nagel holte ein Fläschchen aus der Tasche und hob es hoch.

Er wird doch nicht ... Nein, keine Gefahr. Nagel sprühte sich die Lösung in den Rachen, das Husten hörte kurz danach auf.

Die Sicherheitskräfte rund um den Ministerpräsidenten wurden durch Nagels Hustenattacke abgelenkt. So bekamen sie nicht mit, dass ein weiterer der vielen Fotografen die Absperrung verlassen hatte und zu dem Ministerpräsidenten getreten war.

Der Mann bat wohl um ein spezielles Foto, denn der Politiker nickte, hievte ein Kind hoch und schaute in die Kamera. Dabei tätschelte er der Kleinen den blonden Schopf.

Ich beobachtete die Szene, ohne mich rühren zu können. Der Fotograf betätigte ununterbrochen den Auslöser seiner Kamera, ohne sich das Motiv vor der Linse richtig anzusehen. Er schob sich immer näher an den Politiker heran. Der winkte seine Bewacher aus dem Bild.

Ich trat ein bisschen zur Seite und mein Blick erwischte den unbekannten Knipser im Profil.

»Verdammt!«, schrie ich. Es war der Kopf von Frank Foster, der unter der Baseballmütze steckte.

Die Kollegen in meiner unmittelbaren Nähe sahen zu mir her.

»Er will ihn umbringen!«, brüllte ich und deutete auf Foster. Dieser wandte sich für einen Moment um, erkannte mich und trat hinter den Ministerpräsidenten. Die Bodyguards griffen in ihre Jacken.

»Aus dem Weg!«, kreischte Foster. »Ich habe eine Waffe.«

Überrascht und geschockt sprinteten die Menschen auseinander, Kinder begannen zu weinen, Entsetzen breitete sich aus.

Der Ministerpräsident hielt noch immer das kleine Mädchen auf dem Arm, das die Szene mit großen Augen beobachtete.

Einige Fotografen nutzten die Chance, immer und immer wieder abzudrücken. Die warten auf das Foto, das ihnen viel Geld bringt, dachte ich, der Schuss der Schüsse – und zwar im wahrsten Sinne des Wortes.

Foster hatte dem Ministerpräsidenten den Lauf einer Waffe an den Hals gedrückt.

»Dies ist eine Tat des nationalen Widerstandes!«, schrie er in die Fernsehkamera, die ihm am nächsten war. »Ich werde diesen Mann hinrichten. Er hat das Todesurteil verdient, weil er nicht verhindert hat, dass Juden und Ausländer Deutschland ausbluten lassen.« Foster blickte sich um. »Ihr seid alle Feiglinge! Wir werden so lange kämpfen, bis dieses Land wieder in deutscher Hand ist. Judenschweine und Antifa-Zecken werden gnadenlos ausgerottet. Unser Kampf wird bis zum Tod gehen! Und es wird Opfer geben. Auf beiden Seiten.«

Ein Sicherheitsbeamter machte einen zögerlichen Schritt auf Foster zu.

»Bleib, wo du bist«, brüllte er. »Das Kind hier ist sonst zuerst dran. Wollt ihr das?«

Der Bodyguard blieb wie angewurzelt stehen.

Foster verlagerte den Lauf der Waffe Richtung Mädchen. Die Kleine begann zu weinen.

Er wird ihn töten, schoss es mir durch den Kopf, anschließend wird er von den Sicherheitskräften erledigt, doch das ist ihm völlig egal.

Ich drehte den Kopf langsam nach rechts. Mir fiel auf, dass Thimo Krause seinen Posten verlassen hatte. Ich strengte meine Augen an, meinte, ihn im Halbdunkel eines Käfigs zu erkennen, doch das konnte nicht sein. Immerhin strichen dort drüben zwei schwarze Panther am Gitter entlang und sie sahen ziemlich gefährlich aus.

Jetzt begann OB Nagel wieder mit seiner Husterei. Foster wirkte irritiert.

»Und nun gibt es einen Spruch für Deutschland«, kündigte Foster an. »Kommen Sie mit Ihrer Kamera etwas näher!«

Der Befehl war an den Kameramann des WDR-Lokalfernsehens gerichtet. Der tat, was ihm befohlen war, aber ganz, ganz langsam.

Ich blickte wieder zum Raubtierkäfig. Die Tür war geöffnet. Thimo Krause kniete neben einer der schwarzen Raubkatzen, hielt ihren Hals umschlungen und flüsterte dem Tier etwas ins Ohr. Dann deutete er mit der Hand auf den bedrohten Ministerpräsidenten, murmelte dem Panther wieder etwas in die Ohrmuschel und schickte die schwarze Katze nach draußen.

»Sagen Sie, dass Sie unser Deutschland verraten haben«, forderte Foster vom Landesvater.

»Moment«, sagte der öffentlich-rechtliche Kameramann. »Das Stativ steht noch nicht.«

»Dann dreh von der Schulter, du Arsch«, blaffte ihn Foster an. Die Nervosität des Attentäters stieg auf ein gefährliches Maß an.

»Ich dreh nicht von der Schulter«, meinte der WDR-Künstler. »Ich habe einen Schwerbehindertenschein. Aber ich bin gleich so weit. Jetzt fehlt nur noch der Weißabgleich. Die Farben sollen doch okay sein, oder?«

»Ich knall dich auch ab, wenn du nicht endlich spurst, du Hobbyfilmer!«, schrie Foster.

Das schwarze Tier schlich geduckt hinter der Menschengruppe entlang, lautlos und zielorientiert. Niemand bemerkte etwas, alle Aufmerksamkeit war auf den Kameramann und den Politiker gerichtet.

Zwei Meter noch, dachte ich, und der Panther ist da. Hoffentlich hast du ihm das Richtige ins Ohr geflüstert, Thimo.

»Es kann losgehen«, kündigte der Kameramann an und guckte durch den Sucher. »Kamera läuft!«

In dem Augenblick setzte die Katze zum Sprung auf Foster an. Ein Aufschrei ging durch die Menge.

Das schwere Tier warf sich mit dem ganzen Körper auf den Attentäter und riss ihn zu Boden. Die Waffe schlitterte durch das Gras und der Ministerpräsident und das kleine Mädchen wurden von Sicherheitskräften zur Seite gedrängt.

Bierstadts Oberbürgermeister suchte Schutz hinter einem zahmen Lama, das sofort begann, dem OB die Hände zu lecken.

Niemand hatte den Mut, sich der schwarzen Raubkatze zu nähern. Der Panther hatte eine Tatze auf Fosters Körper gestellt und schaute voll in die Sony des Kameramannes, der vor Schreck über die ungewöhnliche, dramatische Entwicklung zu drehen vergaß.

Jetzt kam Thimo Krauses Auftritt. Er ging langsam auf die Raubkatze zu, streichelte ihr den Kopf. Wohlig maunzend drehte das schöne Tier dem jungen Mann den Kopf entgegen.

»Komm, meine Kleine«, sagte der Lehrling und gab dem Panther einen leichten Klaps.

Die Katze ließ von ihrem Opfer ab und trottete hinter dem Jungen her. Spontaner Applaus brauste auf. Frank Foster wurde sofort überwältigt und in einem Polizeiwagen weggebracht.

Helfer zogen kurz darauf Jakob Nagel aus dem Kleintiergehege. Der Körperkontakt mit dem südamerikanischen Wollknäuel hatte ihm den Rest gegeben, aber er bewegte sich noch. Bierstadt würde nicht führungslos werden.

Auch der Kameramann des WDR-Stadtfernsehens hatte inzwischen mit der Arbeit begonnen. Er bemühte sich, den Abtransport des Oberbürgermeisters zu filmen.

Zwischen den Welten

Am Tor wartete Big Mäc auf mich. Er war außer sich, machte sich schwere Vorwürfe, weil er seiner Arbeit nicht nachgekommen war.

Der Grund für sein Fehlen war nachvollziehbar. Frank Foster hatte ihn vor seinem Haus abgefangen und ihm die Akkreditierung, seine Ausweise und die Kamera weggenommen. Mit den Papieren war der Terrorist in den Zoo gelangt. Die Waffe hatte Foster bereits Tage zuvor im Zoo versteckt – als Besucher getarnt.

»Wie kommen wir denn jetzt an Fotos?«, fragte Big Mäc. »Endlich passiert mal was in Bierstadt und ich habe keine Bilder. Unschöne Sache, das.«

»Ich habe einen Deal mit einem freien Fotografen ausgehandelt. Er überlässt uns Bilder und bekommt dafür öfter mal einen lukrativen Auftrag vom *Bierstädter Tageblatt*«, tröstete ich ihn. »Jansen wird Verständnis dafür haben, dass du den Termin verpasst hast.«

Natürlich stürzte sich die gesamte Medienwelt auf das Ereignis im Bierstädter Streichelzoo. Die Neuigkeit von der wundersamen Rettung des Ministerpräsidenten durch einen – ausgerechnet – schwarzen Panther war in den nächsten Tagen die Top-Nummer in den nationalen und internationalen Schlagzeilen.

Thimo Krause ging als ›Katzenflüsterer‹ in die Annalen der Boulevardpresse ein.

Der Junge trug es mit Fassung und kehrte am nächsten Tag wieder in den Zoo zurück: Ein Känguru-Junges war aus dem Beutel seiner Mama gekippt und brauchte dringend Schutz und Wärme.

Die Leiche, die im Hamburger Hafen an der Wasseroberfläche gedümpelt hatte, war die eines Unbekannten. Die Polizei nahm an, dass Foster dem Toten seine Papiere untergeschoben, ihn vielleicht sogar ermordet hatte, um das Attentat auf den Ministerpräsidenten unbehelligt ausführen zu können.

Simon Bator stellte den Behörden die Ergebnisse seiner Recherchen zur Verfügung, auch die Tonbänder mit den abgehörten Gesprächen aus Jesbergs Büro. Weitere Wanzen hatte Simon bereits vor Wochen im *Patrioten-Treff* angebracht und konnte so die Ideen und Aktionen der Rechtsradikalen fast lückenlos dokumentieren. SS-Manni wanderte wieder in den Knast – er war sowieso nur auf Bewährung draußen. Der Prozess gegen Frank Foster würde noch ein paar Monate auf sich warten lassen – er war geistig ein anderes Kaliber als der dumpfe Neonazi aus dem Norden der Stadt.

Die Bemühungen der Rechten, Bierstadt zu einer Zelle des braunen Terrorismus zu machen, waren zunichte gemacht worden. Wenigstens für den Moment.

Nähe und Leichtigkeit

»Sie werden es immer wieder versuchen«, prophezeite Bator. »Solange der Boden in diesem Land fruchtbar ist für Gewalt und Hass, wird es immer Menschen geben, die beim Wort ›deutsch‹ an Hakenkreuze, Springerstiefel und Glatzen denken und das herrlich finden. Deshalb werden Menschen wie ich auch niemals aufhören, wachsam zu sein.«

»Braver Junge«, sagte ich.

»Findest du das nicht okay?«, fragte Simon erstaunt.

»Ich weiß, dass du nicht anders kannst«, räumte ich ein. »Aber es gibt noch andere Dinge auf der Welt. Das Leben ist nämlich schön.«

»Ich hörte davon«, meinte er.

Wir saßen in meiner Wohnung. Ich hatte ihn zum Essen eingeladen, es gab frische Petersilienwurzelsuppe, Pasta mit Chilischoten und Öl, Kaninchen in Senfschaum und Kartoffelgratin. Dazu passte eine Flasche Vino tinto aus dem Navarra-Gebiet.

Ich liebte Essgelage nach erfolgreicher Arbeit. Den ganzen Tag hatte ich eingekauft, Gemüse geputzt, Fleisch gehäutet und dabei Musik gehört. Irgendeine heitere Tafelmusik von Telemann. Barockklänge passen gut zum Kochen – sie sind so gemäßigt, dass keine Gefahr besteht, sich bei einem flotten *Andante* den Daumen abzusäbeln.

Meine Laune war also bestens. Die Suppe und die Pasta hatten wir bereits erfolgreich hinter uns gebracht.

»Als Foster drohte, mich zu erschießen, habe ich es bedauert, dass wir keine gemeinsame Zeit mehr haben würden«, gestand ich und holte das Kartoffelgratin aus dem Backofen. Es hatte die korrekte Bräune, duftete und brodelte wie verrückt.

»Und nun? Was denkst du jetzt?« Bator stand nun auch in der Küche und betrachtete mein kulinarisches Kunstwerk mit zurückhaltendem Interesse.

»Dass wir die Zeit vielleicht hätten.«

»Ich werde mein Buch zu Ende schreiben und dann auf eine Vortragsreise gehen.«

»Ich verstehe.«

Ich nahm das Tablett mit dem Gratin und dem zerstückelten Karnickel und trug es zum Esstisch.

»Möchtest du mich danach wiedersehen?«

»Guten Appetit«, wünschte ich. »Pass auf deine Finger auf – du könntest sie dir verbrennen.«

Er füllte seinen Teller. Mir fiel wieder auf, wie schön und männlich seine Hände waren.

Ich schaute ihn an. Bator wäre der Richtige für mich, dachte ich. Er war intelligent, gebildet, ein Kämpfer, er ließ sich von mir nicht eintüten und war wild und spontan beim Sex. Die Narbe im Gesicht und das steife Bein störten mich nicht – irgendwo hinterlässt die Geschichte halt ihre Spuren– das war nun mal so.

Aber irgendetwas passte trotzdem nicht.

»Warum antwortest du nicht auf meine Frage?«, fragte er. Ich merkte, dass er unter Spannung stand.

»Ich denke nach.«

»Du musst so lange darüber nachdenken, ob du mich wiedersehen willst?«

»Kannst du mir bitte mal das Salz reichen?«

Er tat es. Ich würzte ordentlich nach.

»Grappa! Was ist los?«

»Ich versuche herauszufinden, was zwischen uns nicht stimmt.«

Er blickte mich an, trotzig und traurig zugleich.

»Ich sehne mich nach Licht, Heiterkeit und Wärme«, erklärte ich. »Und ich will ein bisschen Spaß am Leben haben. Findest du das verwerflich?«

»Nein. Nur oberflächlich.«

Der Schlag saß.

»Ich habe das Gefühl, dass sich die Welt in einen Haufen von Gewalt, Schmutz und Abfall verwandelt, wenn ich länger mit dir zusammen bin. Du verscheuchst die Leichtigkeit, die ich so mag.«

»Ich bin nicht schuld an meinem Leben – so wie es gelaufen ist.«

»Das weiß ich doch. Ich kann dein Unglück aber nicht vertreiben – weil du an ihm festhältst.« Mir ging das Gedicht durch den Kopf, das er geschrieben hatte, als er jung war. Ich konnte es inzwischen auswendig.

»Es ist ganz allein mein Unglück«, sagte Simon bestimmt. »Du hast damit nichts zu tun.«

»Genau diese Distanz meine ich! Du willst dein Unglück für dich allein und ich soll dir nicht wirklich nahe kommen.«

»Mein Gott, bist du kompliziert.«

»Ich dachte, ich sei oberflächlich.«

Wir schwiegen eine Weile. Das Gratin hatte aufgehört zu brodeln, über der Senfsoße spannte sich eine Haut.

»Möchtest du mal hören, wie ich mich fühle, wenn ich mit dir zusammen bin?«, fragte ich.

Er sah mich mit verhangenem Blick an.

Ich stand auf, schaltete den CD-Player ein und griff nach einer Disc.

Wenig später erfüllte Geigenmusik den Raum.

Das Stück war nicht lang.

»Jetzt weiß ich, was du meinst«, sagte er leise.

»Der Komponist heißt Samuel Barber. Das ist das einzige Stück, das ich von ihm kenne. Es heißt *Adagio for Strings.*«

»Traurig und hoffnungslos, aber innig und schön. Schmerzhaft wie eine Wunde, die immer wieder aufreißt.«

»Ich werde immer an dich denken, wenn ich das *Adagio* höre«, versprach ich. »Und ich höre es ziemlich oft. Wie wär's mit einem Espresso?«

Ausklang … mit Wachtelbrüstchen

In den folgenden Tagen versetzte Kosmo Schmitz das *Bierstädter Tageblatt* in Aufruhr. Der Verleger persönlich stellte meinen Freund als Redaktionsboten ein. Klümpchen hatte unter Berücksichtigung seiner noch nicht genommenen Urlaubstage endlich den lang ersehnten Ruhestand angetreten.

Wenn Kosmo die Post von Büro zu Büro trug, hatte er immer ein paar Komplimente auf den schönen Lippen. Sein hinreißender Hüftschwung im mittleren Körperbereich ließ keine Frau unbeeindruckt.

Er behandelte sie alle wie Königinnen, gab ihnen das Gefühl, schön, begehrenswert und einzigartig zu sein – ohne auch nur eine Spur anzüglich zu wirken.

Es war, als habe Adonis persönlich beim *Tageblatt* angeheuert. Selbst die ganz hartgesottenen *www.kostenlos.de*-Surferinnen unter den Sekretärinnen erhoben die Köpfe, wenn Kosmo anrückte, puderten sich hektisch die Nasen und rückten ihre sekundären Geschlechtsmerkmale zurecht.

Ich bekam von seinem Ruhm natürlich auch etwas ab. Kosmo machte kein Hehl daraus, dass er mich schon länger kannte. Nur wie gut – das blieb unser Geheimnis.

Manch neidischer Blick traf mich, wenn Kosmo und ich in der Kantine zarte Wachtelbrüstchen mit Rosmarin aßen.

Nicht dass die Flattermänner auf der Speisekarte gestanden hätten – aber die Kantinenwirtin war eine lebenslustige Frau mittleren Alters. Und die wissen ja bekanntlich, was Männer mögen.

Krimis von Gabriella Wollenhaupt

Grappas Versuchung
Der erste Krimi mit Maria Grappa ISBN 3-89425-034-8
Reporterin umkreist charmanten Bösewicht.

Grappas Treibjagd
Der zweite Krimi mit Maria Grappa ISBN 3-89425-038-0
Wer ist der angesehene »Onkel Herbert«?

Grappa macht Theater
Der dritte Krimi mit Maria Grappa ISBN 3-89425-042-9
Geheimbund kontrolliert Kulturleben in Bierstadt.

Grappa dreht durch
Der vierte Krimi mit Maria Grappa ISBN 3-89425-046-1
Nackte Tatsachen in Bierstädter Filmstudio.

Grappa fängt Feuer
Der fünfte Krimi mit Maria Grappa ISBN 3-89425-050-X
Griechische Mythen werden Wirklichkeit.

Grappa und der Wolf
Der sechste Krimi mit Maria Grappa ISBN 3-89425-061-5
Spannendes Duell im Umfeld eines Plutoniumschmuggels

Killt Grappa!
Der siebte Krimi mit Maria Grappa ISBN 3-89425-066-6
Schönheitschirurgie und Satanismus

Grappa und die fantastischen Fünf
Der achte Krimi mit Maria Grappa ISBN 3-89425-076-3
Toter Teppichhändler und Erpresserbande

Grappa-Baby
Der neunte Krimi mit Maria Grappa ISBN 3-89425-207-3
Die menschliche Reproduktion zwischen Himmel und Hölle

Zu bunt für Grappa
Der zehnte Krimi mit Maria Grappa ISBN 3-89425-224-3
Provence: Ein Toter im Melonenfeld und ein unbekannter van Gogh

Grappa und das große Rennen
Der elfte Krimi mit Maria Grappa ISBN 3-89425-232-4
Wer meuchelte die drei prominenten Sozis im Bierstädter Wahlkampf?

Crime Ladies

Dorothee Becker
Mord verjährt nicht
ISBN 3-89425-056-9
Warum verschwand Theo de la Cour? Veronika Wenger macht sich auf die Suche nach dem Verschollenen und lernt die verschiedenen Mitglieder einer zweifelhaften Familie kennen.

Dorothee Becker
Der rankende Tod
ISBN 3-89425-040-2
Was trieb den lebenslustigen Clemens in den Tod? Die junge Witwe Veronika Wenger ahnt nicht, daß sie selbst in Lebensgefahr schwebt.

Rita Knott
Karriere ins Jenseits
ISBN 3-89425-254-5
Die designierte Schulleiterin Marlene Rubach gerät in Verdacht, eine Schülerin sexuell belästigt zu haben. Und dem Rufmord folgen Mordanschläge. Wer steckt hinter der Intrige?

Beate Sauer
Der Heilige in deiner Mitte
ISBN 3-89425-220-0
Veit Kadamczik, raumgreifender Theologieprofessor, ist tot. Und das nach einem heftigen exegetischen Streit mit der feministischen Theologin Verena Carsten. O-Ton Kommissarin: »Ich habe eine Abneigung gegen lebende Priester und konnte mir nicht vorstellen, daß mir ein toter wesentlich sympathischer sein sollte.«

Ursula Steck
Feuerzeichen
ISBN 3-89425-240-5
Ein Haus geht in Flammen auf, eine Frau stirbt. Der traurige Höhepunkt der Entmietungspraktiken eines Immobilienhais? Taxifahrerin Toni Walter gewährt den Überlebenden des Feuers Zuflucht. Der Vermieter soll nicht ungeschoren davonkommen, doch schon brennt wieder ein Haus.

Ursula Steck
Alles im Fluss
ISBN 3-89425-219-7
Ein toter Junge treibt in den Fluten des Rheins - vor den Augen der Taxifahrerin Toni Walter. Als ihre Freundin Nora überfallen wird, ist es mit Tonis Phlegma endgültig vorbei. Was hat es mit der Mailbox auf sich, die Nora betreute?

Krimis von Horst Eckert

Die Zwillingsfalle

ISBN 3-89425-238-3

Ausgezeichnet mit dem ›Glauser 2001‹

Ein sechsfacher Mord in der Sauna eines Fitnesscenters bringt nicht nur die umstrittene Sokoleiterin Ela Bach ins Schwitzen. Auch die Kommissare Köster und Zander kochen ihr eigenes Süppchen.

Finstere Seelen

ISBN 3-89425-218-9

Ist der ›Kannibale‹ nach 11 Jahren wieder aktiv geworden? Gibt es einen Trittbrettfahrer? Ein komplexer Fall voller Emotionen für die Mordermittler vom KK 11.

Aufgeputscht

ISBN 3-89425-078-X

Ausgezeichnet mit dem ›Marlowe 1998‹

Drei Kommissare - ein Wettlauf um Karriere und Geld, drei Fälle, die zu einem einzigen verschmelzen, erzählt auf die harte amerikanische Art.

Bittere Delikatessen

ISBN 3-89425-059-3

Feinkostkönig Fabian wird niedergestochen; die Bluttat ist für die Medien ein gefundenes Fressen. Kommissar Engel gerät unter Druck - getrieben von Publicitysucht, gefordert vom Chef, angefeindet von Kollegen, angezogen von einer schönen Verdächtigen.

Annas Erbe

ISBN 3-89425-053-4

»Eine spannende, geheimnisumwitterte Geschichte, ... bitterböse Quasi-Enthüllungen über Filz, Korruption und Sittenpolizei, ein bißchen Liebe - und eine gekonnte Schreibe. ... ein vielversprechendes Debüt.« (Überblick)